Athanase

ou

les parfums d'une petite ville de la côte

Edgard Thouy

La métamorphose

Je crois n'avoir jamais su attendre. Alors, je trouve de quoi me distraire. Je ne la regarde qu'à la dérobée, alors qu'elle s'affaire devant son écran. Je me demande toujours ce qui permet à une secrétaire d'avoir l'air aussi affairée. Pas un appel téléphonique depuis que je suis là, aucun autre visiteur ; j'aime autant. Les trois fauteuils confortables et douillets ne font pas vraiment salle d'attente, ou alors un peu luxueuse. Du reste, aucune revue ne traîne sur la table basse siglée, comme les plaques sur la porte ou à l'entrée de l'immeuble, d'un S et d'un C entrelacés : SilCom. Son visage taillé à la serpe lui donne un air déterminé ; lisse, il la pare d'un charme sans âge. Ses chevilles déliées accentuent le galbe d'un mollet ferme. Elle doit être bien faite. Encore un peu, et me prendrait l'envie de tenter ma chance, nouer une conversation. Alors même que je n'ai rien entendu, elle décroche le combiné, répond brièvement, avant de s'adresser à moi, indiquant du geste la porte capitonnée de cuir fauve :

- On vous attend !

- Merci.

J'aurais assez aimé avoir un chapeau, un style, une contenance. Je pense en me levant que c'est à son regard à elle que je m'expose maintenant.

L'homme bronzé ne bronche pas lorsque j'entre. La porte se referme d'elle-même alors que je m'avance sur la moquette rase et drue. Devant l'immense bureau de bois clair, deux fauteuils encore plus luxueux que celui que j'ai quitté, de cuir certainement. Je suppose que m'asseoir de moi-même serait grossier, me disant cependant que rien de tel que de rester debout pour avoir l'air emprunté. On ne se refait pas ! Je reste debout. Des stores californiens protègent du soleil sans atténuer la clarté.

- Assieds-toi !

- On se connaît ?

- Tu t'assieds ou tu dégages !

J'ai quand même l'habitude que ça dure un peu plus longtemps, même si, au final, je me retrouve dehors. Et l'autre conne qui m'avait donné ce tuyau comme une recommandation. J'opte pour m'asseoir ; au moins histoire de comprendre ce qu'il se passe. Le play-boy sur le retour repousse les documents qu'il avait devant lui, approche une chemise, l'ouvre et parcourt distraitement les quelques feuilles. Je reconnais mon CV et les autres conneries faites dans les ateliers du plus grand employeur de France : l'ANPE, Pôle Emploi comme ils disent maintenant. La formule 1 des CV. A peine entré, tu gicles. On ne peut faire plus rapide ! D'un autre côté, tu fais tamponner ta feuille, et puis tu vas trouver un café à l'ombre où siroter.

- Je t'écoute.
- C'est ma conseillère qui…
- Je sais. Une petite belle-sœur. Elle m'a fait passer ton CV. Pas très lourd ! J'aime autant entendre ce que tu racontes. Ce sera peut-être plus édifiant.
- Question études, ce n'a jamais été le grand amour. Comme dans la vie. Je me suis attaché, et elles m'ont abandonné.
- Tu as fait quoi ?
- C'est écrit.
- Ce qui est écrit me semble sans intérêt. Parle-moi de ce que tu as fait en réalité.
- La démerde ?
- Voilà !
- J'ai bricolé. Un peu le loufiat, et puis videur aussi, mais j'impressionne pas assez.
- Tu n'as pas un mauvais gabarit.
- Ouais, mais fallait plus imposant, pour dissuader.
- Sportif ?
- Comme les études ; j'ai fait pas mal de choses, et après… d'un geste de la main, je fais comprendre ma lassitude.
- Tu t'entretiens, apparemment !

- Oui. J'aime bouger. Et puis j'ai besoin de me sentir bien physiquement.
- Qu'es-ce que tu fais ?
- Je cours, je marche, et puis j'aime l'eau.
- Ça te dirait de t'inscrire en salle ?
- Pour quoi faire ?
- ….
- Pourquoi pas !
- Tu es patient ?
- Je le suis devenu.
- Tu as ton permis ?
- Voiture, moto, bateau.
- Bien ! Tu ne l'as pas marqué.
- J'aurais dû ?
- Dis-moi, tu es agressif ou hostile ?
- Faut voir comment vous m'avez reçu.
- Si ça ne te va pas !

Il me désigne la porte.

- Laissez-moi le temps de m'y faire. Dites-moi, c'est quoi le job ?
- Aucun intérêt pour l'instant. Je ne sais pas ce que tu vaux. Tu as un casier ?
- Non ! J'ai pas eu de chance.

Je ne décroche pas l'ombre d'un sourire.

- C'est quoi « Ethan BERT » ?
- Mon nom !
- Non, je veux dire, c'est juif ?
- Ben non. C'est un inconvénient ?
- … Parfois un avantage. Alors ?
- Je trouvais que ça faisait américain.
- Juif américain. Et pourquoi ?
- En réalité, je suis né Athanase BERTISSOL. Je sais pas si vous imaginez trouver un travail avec un nom comme çà ! A part vendre des apéritifs, à une lettre près. Et encore,

personne ne se souvient de cette marque. C'est ma mère qui me racontait que mon père aimait se faire passer pour l'héritier de la marque. Elle a dû être la seule à le croire. Je ne sais pas si elle a réalisé depuis.

- Et tes copains ?
- Ils ont été les premiers à me convaincre de me présenter autrement.
- Tu as de la famille ?
- Comme tout le monde !
- Mais encore !
- Une sœur, brillante ! Jamais pu lui faire d'ombre. Des parents, à peu près.
- Tu as une piaule ?
- Plusieurs, et aucune.
- Pourquoi ?
- La tune.
- Tu sais parler français et rester à ta place ?
- Je peux essayer.
- On verra.

Je n'ai jamais compris pourquoi on dit qu'un ange passe alors que je ne vois plus ni ce qu'il y a à dire ni ce que je fais là. J'ai envie de foutre le camp. Je suis chez un charlot. Il se la joue, et fait tout pour m'impressionner. Son mépris me gonfle. Si c'est çà, un ange qui passe !

- Mets-toi debout un peu.

Je me relève ; me voilà promu mannequin. Il me fait tourner, marcher. Je crois que j'en ai ma claque. Et si je remuais les fesses !

- Dites-moi, je fais quoi là ?
- Tu postules.
- A quoi ?
- A un emploi que je peux te donner.
- Lequel ?
- Je ne sais pas encore. Faut que je voie à quoi tu peux servir.
- Vous me tiendrez au courant.

- Ne te fâche pas. Je t'explique : Le nom de la boite, c'est Silent Comm. Ce qui veut dire communication silencieuse. Sérieux et discrétion, si tu vois ce que je veux dire. Fermer sa gueule est une vertu cardinale. Pour le reste, tu colles aux directives.
- Lesquelles ?
- On verra plus tard. Si tu fais l'affaire.
- C'est légal votre truc.
- On a pignon sur rue, non ?
- C'est cossu.
- Et tu n'as pas tout vu. Dis-moi, t'as rien d'autre comme fringues ?
- Quel genre ?
- Costard discret, mode, fashioned et sobre. Et du résistant, parce qu'au besoin il faut pouvoir bouger avec ; sans se trouver à poil à la première cabriole.
- Si je comprends bien, il me faut un budget pour tenter ma chance.
- Je t'en demande pas tant.

Il ouvre un tiroir et sort trois cartes de visite. Derrière chacune, il griffonne rapidement.
- Tiens ! Trois adresses. Un tailleur, une salle de sport, et un ostéo. Tu y vas en sortant. T'inquiètes pas, c'est pour moi. Tu leur laisses la carte. Je fais téléphoner par la secrétaire. Ils sauront ce que j'attends.
- Et moi ?
- Tu verras. On va te rendre présentable et te faire une sorte de check-up. Par contre, il faut t'y mettre. Tu n'as rien contre ?
- J'aime bouger. Et puis ça peut être sympa.
- Ne te trompes pas, c'est sérieux.
- Je suis à l'essai ?
- En quelque sorte. Pour une semaine.
- J'ai un contrat ?

- On verra plus tard.
- Et qu'est-ce qui me dit…
- Tu ne crois quand même pas que je vais exposer des frais pour rien.
- Et pour le … salaire.

Il ouvre un tiroir où sa main s'affaire un moment. Il en sort une dizaine de billets de 50 qu'il pose vers lui, au bord du bureau.

- Tu as une voiture ?
- Non. Pas trop en fonds ces temps-ci. Je peux avoir une caisse, mais il me faut la remettre en état.
- Laisse tomber ! Tu as un mobile ?
- J'en avais un.

Il replonge la main dans le tiroir et présente un éventail de billets de 50. Une usine à billets là-dedans. Il ramasse le tout et me les tend.

- Tiens, à ton nom. Internet wifi avec un abonnement illimité, et sans engagement de durée. Je dis çà pour toi, au cas où tu ne ferais pas l'affaire.
- Pour l'instant, je crois que ça commence à devenir sympa.
- Il va falloir que je te fasse donner des cours de français ou tu peux faire un effort ?
- Je vais m'appliquer.
- Tu verras plus tard qu'on fréquente du beau monde. Je ne dis pas qu'ils parlent toujours très correctement, mais nous, nous le leur devons. Et, je te rappelle, on ferme sa gueule.
- Quoi qu'il advienne ?
- Quoi qu'il advienne !
- Et si….
- C'est pour çà que tu auras un mobile. Je te donnerai ton répertoire après.
- Bon, alors, je fais partie de la maison ?
- Tu es sur le seuil.

- Bon, je reviens quand ?
- Demain. Fringué, et j'aurai un premier avis. N'oublie pas les rendez-vous que tu as, dès maintenant. Tu viens ici disons pour 10 heures.
- C'est pas trop tôt.
- Ce n'est pas trop tôt, corrige-t-il en accentuant la négation. Rassure-toi, on n'a pas d'heure dans ce métier. Quand il y du travail, on bosse. Ceci compense cela.
- OK !
- Ah, j'oubliais, pas d'histoire de cul dans le travail.
- Naturellement.
- Ne fais pas le malin ! Nous travaillons parfois dans des milieux sensibles ; la nuit par exemple. Et nous, nous restons à notre place. Les clients font ce qu'ils veulent, et nous, nous veillons à tout.
- Leur protection ?
- Voilà ! Et tout ce qui va avec. Tu en sais assez maintenant.
- Merci. Au revoir.

J'hésite un moment, le temps de saisir si je dois ou non tendre la main. Je décide que non. Je ne vois même pas la secrétaire en sortant. Mon statut a changé. Comme dit ma mère : « *Chacun a sa chance : il suffit d'attendre.* » Moi, j'ai attendu à défaut de savoir que faire d'autre. De toute manière, ma mère vit dans son monde ; heureusement pour moi, j'en suis sorti. Mais quand même, avec pas loin de mille Euros dans la poche, je me sens mieux. J'irais bien fêter çà, mais belle lurette que j'ai fait le vide autour de moi. Enfin, question de situation. Jusqu'à présent, ce que j'ai fait de mieux a consisté à voir passer les trains dont je me suis fait éjecter. Mon meilleur employeur a été « Poil en pot », parce que je ne vous ai pas dit que j'adore les calembours foireux et les histoires vaseuses. Je me demande quand même où je mets les pieds. La conseillère m'avait dit qu'il s'agissait d'un emploi de confiance. Je ne suis pas très sûr que mes cotisations retraite reprennent rapidement. Si au moins je peux me sortir de la mouise. Rentrer dormir chez les vieux lorsque je ne trouve rien d'autre n'est pas mon idéal.

D'un pas guilleret, je franchis la place ombragée, réalisant que je vais d'un pas rapide sans savoir où. Je ressors les trois cartes. Autant commencer par les fringues, d'autant que ce n'est pas loin. Pour la salle de sports, je devrais pouvoir y passer ensuite mais je suppose qu'il me faudra téléphoner pour avoir un rendez-vous avec l'ostéo.

- On m'a prévenu, naturellement, alors je vais vous présenter ce que je vous propose.
- Il y a une tenue particulière ?
- Non ! Un style propre à votre agence. Chic discret. Net mais sans ostentation. Regardez. C'est un peu la même ligne de vêtements. Vous allez choisir trois tenues, différentes. Je vous dirais bien de choisir un ton beige, un gris léger, et une couleur plus habillée, anthracite ou bleu.
- Costume uniquement ?
- Pour l'instant, c'est ce qu'on m'a dit.
- Un peu monotone, non ?
- Je vais varier les couturiers. Un fois sur vous, vous allez voir nettement les différences.
- J'aime bien près du corps.
- J'ai des consignes. En principe, vous devez pouvoir bouger sans aucune gêne. Notez la souplesse du tissu. Il prête facilement.

Je n'avais plus fait d'essayage depuis longtemps, et jamais sans doute pour un tel montant. Un vêtement change un homme, bien plus qu'une apparence.

- Et pour les chaussures ?

J'ai failli lui demander ce qu'elles avaient, mes chaussures. Pour une fois, je me suis retenu. Autant ne pas gâcher ma chance trop vite. Et puis, bien que je le trouve un peu maniéré, le vendeur est agréable. Il soigne sans doute sa clientèle, bien plus que moi. N'importe, il est agréable, et attentif.

- Voilà ce que je vous propose. Pour les costumes, il me semble que celui que vous portez convient à merveille.

Pour les deux autres, j'ai marqué des retouches. Pour demain seize heures, ça irait ?

Affairé avec les mocassins, je ne prête guère l'oreille, d'autant que c'est plus lui qui décide que moi. Je me sens parfaitement à l'aise dans ces chaussures confortables et très chics.

- Vous croyez que je peux vous demander deux ou trois chemises ? Et puis quelques paires de chaussettes en voile.

Je me trouve comme un gosse devant le père Noël, mais un père Noël avec sa carte bleue. Je n'ose demander si j'abuse. Je suppose que l'autre me le dirait.

Il emporte les deux costumes, et disparaît vers l'arrière-boutique. Il fait bon dans cette boutique. Qui essayerait des vêtements dans la chaleur ?

- Je me suis permis de mettre un peu de linge de corps, nous avons reçu des fibres absolument miraculeuses, de tenue et de souplesse. Vous verrez, vous aurez l'impression de ne rien porter.
- C'est gentil. Merci.

Pas con le bonhomme, et avec du tact. Pour un peu, il va me proposer un ticket restaurant pour aller bouffer en sortant.

- J'espère que vous êtes satisfait ?
- On ne peut mieux.
- Alors, Monsieur d'Astier sera content.

Il faut que je vienne ici pour apprendre le nom de l'autre. En tous cas, tout ce petit monde se connaît. Pas le moment de faire tâche. D'un autre côté, j'aurais du mal à passer pour quelqu'un de la haute. Je me souviens du moment où je faisais le chauffeur de maître. J'ai tenté à trois reprises. A chaque fois, en deux jours c'était plié. Quelque chose qui ne devait pas bien passer dans le costume et sous la casquette. Il y a sans doute un guide des bonnes manières pour les gens de seconde zone. Je ne l'ai jamais trouvé en librairie. Etre invisible et apparent, un peu comme un réverbère : un art en soi.

- Voilà ! Je n'ai pas mis vos affaires dans les paquets. A part le pull ; un mohair superbe. Je connais un pressing spécialisé qui vous le rendrait impeccable.

- Vous avez bien fait. Je suis venu chez vous faire ma mue.
- Monsieur est trop aimable.

A peine sur le trottoir, je me rends compte de la métamorphose dans les reflets de la vitrine. Un petit coup de coiffeur ne serait pas du luxe.

- Sobre, une coupe de propreté.

Les causeries de coiffeur m'ennuient. En revanche j'aime assez la sensation de frais.

Ma mère a failli ne pas me reconnaître. Fière de voir son fils déguisé en ministre, elle regrette l'absence de son bonhomme de mari et serait bien allée chercher l'assistance du voisinage pour ovationner la transformation. Je l'éconduis un peu, le temps de changer pour une tenue plus cool et de prendre mon sac de sport, pour repartir aussitôt.

A quatorze heures à peine passées, je franchis le seuil de la salle de sport aux vitres filmées, teintées, de sorte que l'impression d'espace donnée par les vitrages évite celle de se donner en spectacle. A l'accueil, miss univers me fait un sourire diabolique. Comme je me suis promis de ne pas aller trop vite à la faute, je me dispense de lui manifester l'impression qu'elle me fait. En fait, ces femmes-là me foutent un peu la trouille tant j'ai l'impression qu'elles s'en tapent deux comme moi au petit déjeuner. Je lui montre ma carte. Je profite des brefs instants de sa lecture pour glisser mon regard dans l'échancrure de son justaucorps, touriste d'un instant parmi des rondeurs probablement inaccessibles. Elle tapote le clavier du sans fil, et annonce :

- Xav, c'est pour toi !
- J'attends ici ?
- Il arrive.

Effectivement, je vois bientôt arriver un gars un peu plus jeune que moi, à la musculature fine, déliée, sourire aux lèvres. Justaucorps de rigueur.

- Bonjour. On m'a prévenu. On va faire un testing. Vous pratiquez ?
- En dilettante.

- On va essayer de voir un peu votre condition.

Deux heures après, je me sens lessivé. Une heure encore, et je revis par la grâce du sauna et du massage. Pas croyable ! C'est elle qui me masse, la fille de l'accueil.
- C'est joli Andréa.
- Vous êtes trop tendu. Longtemps sans travailler, non ?

Non mais, on se croirait à l'ANPE ! Suis-je bête, ils disent ça dès lors qu'il s'agit d'exercices physiques qui ne soient pas de loisir.
- Un peu négligent, quoi !
- Vous ne devriez pas. Il est plus facile d'entretenir que de récupérer.
- Oui, je suis en train de m'en occuper.
- Vous savez, ici, on fait de la préparation de haut niveau. On travaille avec les meilleurs clubs de sports de la ville. Et un ostéo.
- Je crois savoir lequel.
- Et puis Xav est un type absolument génial.

Pas la peine de rêver, bonhomme, Madame a son panthéon. Il faut dire que je me laisse peu à peu aller, la fatigue muant en relâchement. J'en connais un qu'il ne sera pas besoin de border ce soir.

Premiers pas

- Tu portes beau.
- Content que ça vous plaise.
- Attention de ne pas forcer. La différence doit rester sensible pour ne pas froisser la clientèle.
- Je me ferai une tache.
- Il te suffira de ne pas en être une. C'est un genre que tu te donnes, ce côté cynique ?
- Je ne pensais pas à mal.
- Si tu as toujours cette distance, j'y vois plutôt un avantage. Nous ne devons jamais être dupe des apparences. En toute autre hypothèse, je te serais reconnaissant de rectifier le tir. Bon, ta candidature ne se présente pas trop mal. Par ailleurs, minimum, six heures de salle par semaine. Après, tu vois avec le coach l'évolution du programme d'entretien. Et deux visites par mois à l'ostéo, pour accompagner l'évolution. Tu te manifestes au bureau tous les jours ; tu passes ou tu téléphones, par exemple entre dix et douze. En l'absence de directive, tu disposes. Si jamais on a besoin, on t'appelle. Tu as ton mobile ?
- Oui.
- Tu le laisses en sortant à la secrétaire. Tu le récupères à 17 heures.
- Je peux y mettre les numéros de mes maîtresses ?
- C'est ton appareil. On ne fait que te mettre le répertoire commun. Elle t'expliquera. Par contre, on doit pouvoir te joindre tout le temps. Ou alors, tu préviens.
- Je commence quand ?
- Tu as commencé ! Ce soir, première mission. Minna, la secrétaire, te remettra une enveloppe avec les détails. Une protection, discrète de préférence ; mais il n'y a pas de difficulté majeure. Tu restes en poste, et tu notes tout. Jusqu'au retour de l'intéressée.

-   A quelle heure ?
-   Tu verras bien. Toutes les 20 minutes, tu remplis la fiche.
-   Même si rien ne se passe ?
-   Toutes les 20 minutes.
-   Qui est-ce ?
-   Tu auras la photo, et de quoi l'identifier. Si besoin est, je te précise que j'ai du monde qui travaille. Ne t'avise pas de tirer au flanc, de faire semblant ou te porter pâle. Je sais très vite tout ce que j'ai à savoir.
-   Pas de problème. Mais je protège la personne, ou le lieu ?
-   Les deux. Mais tu ne bouges pas.
-   Une planque.
-   En quelque sorte. Ne te la joue pas roman policier. Simple surveillance. Tu fais tes classes, et plus tard je verrai ce que je peux te confier.
-   C'est tout ?
-   Je crois. N'oublie pas de laisser ton téléphone.
-   Non, non.

Ce coup-ci, je ne peux l'oublier de la même manière qu'hier. Du reste, elle me tend la main, soignée du reste. Je lui passe le mobile.

-   Je crois que vous allez me donner de la lecture.

    Impassible, elle me tend une enveloppe.
-   Vous trouverez un carnet de fiches, un petit fascicule d'instructions, un bip et des clefs de voiture, les papiers aussi. Je vous préviens, les PV sont pour vous. La voiture est au second sous-sol.
-   Comment je la reconnais ?
-   Il y a une télécommande. Notez le numéro de la place. C'est son parking.

Elle édite une feuille qui sort sans bruit de l'imprimante. Elle vérifie d'un coup d'œil et la tourne de mon côté.

-   Vous signez ! Vous pouvez lire.
-   J'ai confiance. On se tutoie ?

-   …

-   Je plaisantais. S'il y a du laisser-aller entre collègues, alors !!!

Les choses se présentent bien. J'appuie sur le − 2 après avoir vérifié qu'il ne fallait ni clé ni code. J'ouvre l'enveloppe et mets le bip dans ma poche. Je sors un trousseau de deux clefs, identiques, ventrues comme toutes ces clefs avec télécommande. Le sigle est flatteur : une BM. Quand même pas une série 7 ? Sortant de l'ascenseur, je m'avance vers le centre du parking et appuie sur la touche. Pas mal de places libres autour de la belle qui me fait de l'œil. Que n'équipe-t-on les femmes d'une télécommande ? Ce n'est pas une 7, mais une 5, sombre, nickel. Lorsque j'ouvre, elle sent le cuir, récente. Avec des options en plus ! Me prennent des envies de week-end. A la lueur du plafonnier, je fais l'inventaire de l'enveloppe : carte grise d'une société, assurance, une adresse qui m'est inconnue. Peu importe, il doit y avoir un GPS. Je suis curieux des fiches. Une sorte de cahier d'écolier aux feuilles détachables, avec des pages identiques. Sur chacune un numéro, le même, le mien sans doute, l'adresse, la place pour la date et l'heure, des cases à cocher, simples, et un espace vierge : observations. Le stylo n'est pas fourni ? Ils abusent. Je vérifie. Au fond de l'enveloppe, un feutre pointe fine. Un vrai boulot de fonctionnaire, avec voiture de fonction. Je feuillette le fascicule assez synthétique qui, plus qu'une marche à suivre, précise les limites dans lesquelles se tenir. Au-delà, c'est pour sa pomme. Je suppose qu'on doit se faire virer assez facilement si on est en dehors des clous. Je dois dire qu'au point où j'en suis, je n'en ai guère envie. Jusqu'à présent, les surprises sont plutôt bonnes. Je me demande quand vont commencer les emmerdements. A moins que, pour la première fois de ma vie, j'aie vraiment trouvé une gâche.

Lorsque je mets le contact, un arbre de Noël s'allume. Il faudra que je regarde le livret de bord. Je vérifie quand même qu'il soit dans la boite à gants. Tout va bien. Elle a peu de kilomètres. Je regarderai la date d'achat. En plus, il y a le plein. Je ne sais pas comment ça marche pour le fuel ; parce que c'est un diesel. J'aime autant ; on est moins tenté de solliciter. Je suppose que sans permis, je n'aurais plus ma place. Ce serait quand même dommage, une bagnole comme ça !

La clim est géniale. Je la sens déjà fonctionner alors même que je vais m'engager dans la rue. D'ici cinq heures, que faire ? Je crois que je vais m'offrir un restau. Il faudra que je fixe mes jours pour la salle de sports. J'espère qu'ils ne vont pas m'imposer trop de contraintes de leur côté.

Je choisis en fonction de l'existence d'un parking correct, je ne tiens pas à rayer la voiture le premier jour. Avant de quitter la voiture, je fais un petit tour d'horizon, bascule les pare-soleils et furette dans les vide-poches. Rien de particulier. Je regarde à nouveau ma petite documentation. Je ferais bien de la lire complètement sans doute. Mais, comme ils disent maintenant, je préfère le côté intuitif, pour ne pas dire que je suis fainéant et que, depuis l'école primaire, je n'ai jamais pu suivre intégralement des directives. Bien m'a pris de cette initiative de vérifier. Dans l'enveloppe restait une feuille style papier photo, brillant. Trois clichés, dont un en pieds. Une beauté à couper le souffle. Et en plus, très classe. Formes suggestives malgré la discrétion de vêtements de grande facture. Cheveux auburn et minois de gravure, lèvres ourlées et yeux verts. Un portrait et un buste. J'ai du mal à décrocher. Avec une fille comme çà, l'attentat aux mœurs relève de l'élémentaire courtoisie. Je commence à comprendre ce que d'Astier voulait dire : « *pas d'histoire de cul* ». Je vais avoir un budget bromure prohibitif. Ou alors, il faut que je trouve quelque chose. A côté, Andréa fait vulgaire.

Bon, le soleil commence à taper alors que j'ai coupé la clim. Je sors et me dirige vers le restau. Je ne résiste pas au désir de me retourner. Elle a des jantes spéciales, évidemment.

17 heures.
- Vous avez lu les instructions ?

- Naturellement.
- Bon, alors pas besoin de commentaire sur le répertoire. J'ai mis aussi les numéros abrégés. Mais vous avez vu tout çà. N'est-ce-pas ?
- Il me faut quand même un moment pour mémoriser.
- Tout dépend de combien de temps vous pensez rester avec nous. Monsieur d'Astier n'a pas tellement le goût de la plaisanterie ; ni de l'approximation.
- Noté.
- Rappel sans frais.
- Vous n'êtes que secrétaire ou quoi ?
- Je sais ce que Monsieur d'Astier attend de moi. A vous d'en faire autant. A toutes fins utiles, je n'ai rien à faire de vous importuner. La confiance est indispensable. C'est tout !
- Comme dans une grande famille ?
- Dans une grande famille, je n'aurais pas besoin de vous mettre les points sur les I.
- Bon, des précisions pour ce soir ?
- Vous devez être en place avant 19 heures. Vérifiez quand même que le mobile passe bien.
- Au revoir Minna.
- Madame !
- Au revoir Madame Minna.
- Madame, tout simplement.
- Au revoir Madame tout simplement.

Elle rigole pas mémère. Je ne suis quand même pas sûr que cela concerne le job.

Ce soir, menu sandwiches. J'ai prévu de quoi boire : eau plate minérale. J'ai vu qu'il y avait un compartiment réfrigéré dans la voiture. Parfait. Le GPS donne aussi une estimation du temps nécessaire pour le trajet. Je suis en place avec près d'un quart d'heure d'avance. L'adresse concerne une villa à demi dissimulée dans les arbres, dans un quartier résidentiel. Il y a un portail, une petite allée, mais aussi un portillon qui semble desservir une entrée directe, protégée par des grilles par lesquelles on distingue un patio. Pour le reste, un mur d'enceinte fait le tour, paraissant comporter des caméras à tous les angles, et de part et d'autre du portail d'entrée. Je ne sais pas si je dois me dissimuler ; je pense qu'on me l'aurait dit. Calme plat. Je laisse un courant d'air entre les vitres légèrement baissées pour compenser le défaut de clim. En fin de journée, la chaleur est supportable. Décidé à faire le bon élève, j'ai posé à portée de main les fiches et le feutre à bille. A 19 heures exactes, je démarre : RAS.

J'en suis à ma quatrième fiche avant qu'il ne se passe quelque chose. Le téléphone sonne. Je n'ai même pas eu le temps d'en donner le numéro à qui que ce soit. L'opérateur peut-être ?

- Ça bouge !

Et puis plus rien. Je coupe, et j'attends. C'est Minna qui a du noter mon numéro. Je ne sais même pas qui c'était. Il faut que je regarde les codes, sinon, je vais vite être largué. Je m'attends à voir sortir une voiture. Il me faut un moment pour comprendre que c'est côté patio qu'il y a du mouvement. Je crois qu'il me faudrait acheter une paire de jumelles. Puis me vient à l'idée que… je fouille à droite et à gauche. Effectivement, une paire de Nikon, légère. Je règle à ma vue. Lumineuses, elles doivent permettre de voir aussi la nuit, ou en mauvais éclairage. Je vois nettement que quelqu'un attend derrière le portillon ; je crois que c'est elle. Je m'approcherais bien, mais ce n'est pas le job.

Le bruit de voiture me surprend, discret. Une BM comme la mienne. Le même club ? Elle vient directement devant le portillon au moment où la femme le franchit. Le gars descend, costard discret et chic façon SilCom, ouvre la portière arrière. Bref échange ; elle monte. Il referme, se remet au volant, et ça part. Il y en a qui ont de la chance. Je changerais bien ma place. Je regarde l'heure. Nouvelle fiche. Je décris.

21 h 50.

La lumière des phares me prévient. Je sors les jumelles. La voiture arrive de l'autre côté, lentement. Elle vient droit sur le portail, s'arrête, feux allumés. Un moment. Deux gars descendent en même temps des places avant. Un reste en place alors que l'autre longe les murs, comme inspectant. Des lumières restent en veille, tant côté portail que portillon. Le gars continue, passe l'angle, disparaît. Il est peut-être allé pisser. Puis il revient. Ils ont l'air de parler entre eux. Ils embarquent, et repartent, dans la direction où je me tiens. Machinalement, je baisse la tête. Je ne fais rien de mal, mais je n'ai aucune idée de ce que je devrais faire au cas où. Je me rends compte que c'est une voiture de police municipale, lumières de fonction éteintes. Ils doivent faire une ronde. Pourquoi se sont-ils arrêtés ?

Nouvelle fiche. En fait, c'est ma deuxième fiche intercalaire, puisque j'ai décidé qu'il me fallait en remplir une lorsqu'il se passe quelque chose. Je deviens con ! D'ici un moment je vais demander des précisions au mode d'emploi. S'il faut, il y a toutes les explications dans les instructions. On se croirait à Mc Do : « sortez le steak du sachet, décongelez 1 minute 30 au micro-ondes à 4, grill en position 5, deux minutes de cuisson de chaque côté… » etc. Je vais demander une formation ; et après vingt ans, je poserai ma candidature au statut de manager.

Je me suis souvent demandé pourquoi on prend les gens pour des demeurés. Ou alors, je suis susceptible Je finis ma fiche.

1 h 50.

La BM revient, se gare. Le gars descend ; le même apparemment que tout à l'heure. Elle ouvre sans même attendre. Il l'accompagne au portillon, attend un moment après qu'elle l'ait franchi, et s'en va.

Nouvelle fiche. Si j'ai bien compris, je peux disposer maintenant. Je ne sais même pas si je dois aller rendre la voiture. Je vais attendre un peu ; le temps de deux fiches. Déjà de la conscience professionnelle. Et puis si quelque chose devait arriver, je ne sais pas si ce serait bon pour moi.

RAS. Je dispose. J'irais bien faire un tour en boite. D'un autre côté, je n'ai pas de piaule, au cas où j'emballerais. Et puis, je n'ai pas de latex. Machinalement, je regarde à nouveau les photos, laissées sur le siège passager. Guère de chance que je trouve la même. N'empêche que, puisque je dois me remettre en condition, faudrait que je voie comment fonctionne le matériel, depuis le temps que je fais carême. Finalement, autant que je me calme. 48 heures de bien, mais un peu tôt pour m'y croire. Comme dit ma mère : « *Une hirondelle ne fait pas le printemps* ». Surtout quand on a depuis longtemps viré tous les nids des façades. Je rentre doucement, radio à un volume discret : un bonheur ; il doit y avoir des HP partout. Je passerai demain, au moins pour savoir si je peux disposer de la voiture. Et puis, pour aller aux ordres ; je bosse maintenant. Même si ça me fait un peu drôle, un boulot comme ça ; pas de risque de méningite. Je suppose qu'il faut rendre les fiches sans tarder, même si je ne comprends rien, ou presque, à ce qui se passe.

Je réalise ne pas savoir trop où garer la voiture, question sécurité, mais tranquillité aussi. Et puis je suppose qu'il serait mal vu de se la faire tirer. Pas trop loin, il y a un garage de nuit, gardé. Et ce sera comme une balade pour rentrer. Je devrais peut-être penser à un abonnement, si je garde la caisse. Je me marre ; je suis déjà aux petits soins avec elle. Je m'y suis attaché en quelque sorte. Merde, j'aurais pas dû laisser l'enveloppe et la doc ; surtout en vue. Je ferai mieux la prochaine fois.

Oui, je sais, vous vous demandez pourquoi je n'ai pas parlé de l'ostéo ! Pas si longtemps qu'on est ensembles, et déjà des exigences. Vous êtes déjà allé, vous, chez un ostéo ? Pas sûr non plus qu'ils aient tous la même manière. Il m'a fait mettre à poil et a passé dix bonnes minutes à me regarder, me demandant à l'occasion de bouger. Un mateur, quoi ! Lorsqu'il m'a demandé de fermer les yeux, je me suis demandé… Enfin, il m'a dit que c'était une question d'équilibre. Il m'a tripoté aussi, après. Je me suis allongé pile et face, et il n'a pas mis de lampe à bronzer. Bon, trêve de conneries : il était sympa mais très pro. J'ai eu droit à un questionnaire en règle ; pas indiscret, mais simple, concret, ce que je bouffais, ce que j'aimais faire… Et puis il m'a donné son impression ; il m'a trouvé raide, et pas seulement rouillé. Il m'a conseillé de retrouver un rythme de vie, dans la mesure du possible, m'incitant à me servir de la salle de sport pour ça. Il m'a demandé si j'avais des questions, et si j'étais d'accord pour qu'il suive mon programme en salle. Pas de problème pour moi ; ils vont me transformer en athlète sans même que j'aie à m'en soucier. En me raccompagnant, il m'a précisé que j'avais un bon potentiel, mais que j'avais commencé à le foutre en l'air ; ce qu'il ne dirait pas à d'Astier parce que, précisa-t-il, c'était un perfectionniste ; et puis, comme il pensait que c'était récupérable en quelques mois, il ne voyait pas l'intérêt de s'étendre. En fait, il était discret, attentif et respectueux. Pour un peu, je l'aurais appelé tonton et je lui aurais dit en chialant toutes mes emmerdes depuis l'école maternelle. Fort heureusement, on était sur le pas de la porte.

Satisfait ? Je vous ai dit comment ça s'était passé. Bon. Je peux aller me pieuter maintenant.

Le type de l'assurance

- Salut Moneypenny, toujours amoureuse ?
- Oui, de Sean Connery.
- Doit sucrer les fraises. Je suis plus proche de Brosnan, non ?
- Il ne vous manque que le metteur en scène ! Le dialoguiste aussi.
- Je suis venu aux ordres.
- Vous avez les fiches ?

Je les lui tends. Elle les feuillette, et les détache pour les ranger dans un tiroir.

- Je dois vous rendre la doc ?
- Oui. Vous ne gardez que le nécessaire pour ce que vous avez en cours.
- Je n'ai plus rien en cours.
- Monsieur d'Astier vous attend.

Je vais droit à la porte. Si j'avais eu un chapeau, j'aurais pu le faire voler sur le porte-manteau. Il n'y a pas de porte-manteau. Tant pis. Et puis j'aurais pu rater mon coup.

- Bonjour Monsieur d'Astier.

Il ne bronche pas, indifférent au fait que je le nomme, pour la première fois.

- Assieds-toi !

Apparemment, il finit de feuilleter quelques notes.

- Tu m'avais dit avoir fait le chauffeur de maître.
- Essayé.
- Bon. Tu vas aller me chercher deux personnes à l'aéroport. Ensuite, tu les conduis dans le Var. Minna te donnera les précisions. Tu les attends. Ce soir, tu les ramènes. Pas de zèle, pas de mal de cœur. Tu te fais oublier. Quand tu seras sur place, tu les suis, à deux ou trois mètres, et tu attends leurs indications, au cas où ils auraient besoin de toi. C'est tout !

- Dites-moi, pour la voiture ?
- Eh bien ?
- Je m'en occupe, le plein, l'entretien, le parking et tout ? Ou je la ramène ?
- Si je te garde, ce sera la tienne. Attention, toujours impeccable, dedans et dehors. On t'indiquera le garage où tu dois aller pour l'entretien, et la station pour le reste. Tu as un garage ?
- Non.
- Ou tu en trouves un, ou tu la ramènes.
- J'en trouve un.
- Et une adresse aussi. Une adresse à toi.
- Pour moi, c'est un peu tôt, question moyens.
- …
- Je m'en occuperai quand je saurais vos intentions ; enfin, avec moi.
- La semaine prochaine alors ?
- OK
- Non !
- Pardon ?
- Non. Pas OK, d'accord ou : Oui Monsieur.
- Bien Monsieur d'Astier.
- Tu vois, quand tu y mets du tien.
  Demi-tour, gauche, sans claquement de talon.
- Et puis tu fous la paix à Minna.
  Oh, la rapporteuse, me dis-je in petto.

Je n'ai eu que le temps nécessaire. C'est la première fois que je manipule une tablette. Je constate au tableau des annonces que l'avion a atterri, mais je ne suis pas sûr que les passagers soient sortis ; et puis il y a peut-être des bagages. Je me trouve en concurrence avec ces employés d'hôtel ou de centres de vacances, affichant les noms de personnes inconnues auxquelles l'accueil est censé apporter toutes les réponses. Je me mets dans l'alignement de la brochette. Je suis un peu habillé comme eux, en plus classe quand même. Par groupes, des passagers sortent, sans moyen de repérer leur provenance, la plupart avec un attaché-case, un ordinateur ou un bagage à main. J'allume ma tablette, bien tenue en vue pour que les arrivants trouvent le nom de SilCom.

Le plus petit vient droit sur moi, accompagne la présentation de son compagnon d'un geste. Je n'ai rien compris. Sauf que c'est lui le chef, puisqu'il ne se présente pas. Un accent suisse du meilleur effet. Vu l'absence de bagage, je ne me propose pas pour porter leurs mallettes. En outre, ce pourrait être une gaffe.

- Si vous préférez, vous pouvez m'attendre, le temps d'aller chercher la voiture.
- On vous suit !

Ils se parlent de temps à autre, évoquant des dossiers, comme ils disent, brièvement.

L'autre est une sorte d'arpette, un homme de confiance. Il doit tout noter et tout faire. A en juger par son attitude, le petit doit être un ponte. Pas un mot à propos de l'objet de leur présence. Aucune indication pour moi. Chacun est à sa place. Je m'applique à ne pas entendre. A telle enseigne que je dois lui faire répéter, lorsqu'il s'adresse en effet à moi.

- Vous connaissez un restaurant ou bien ?

Pas de doute, il est bien suisse.

- Non. Je peux faire une recherche par le net.
- S'il vous plaît ! Simple et rapide. Nous avons rendez-vous à quatorze heures trente.

Ils n'ont pas eu l'idée de m'inviter à leur table. Comme j'ai une petite faim, je discute avec la fille de l'accueil. Elle m'installe en bout du petit comptoir, et me fait servir une jolie salade, assez complète pour me sustenter.

- Je la compterai à ces messieurs, dit-elle avec un sourire.
- Vous avez l'habitude !

La maison est chic, et ils semblent savoir qui décide des adresses. Je reste à l'eau. Pas de risque.

Je repose ma tasse lorsque je les vois se lever. Je m'éclipse, et attends dans l'entrée.

Avec leur connerie d'heure d'été, c'est quasiment à quatorze heures que l'on se trouve en plein cagnard. Un centre de loisir, Aquamachin, apparemment fermé. Et puis pas le genre des types qui sont là pour venir faire trempette. Costards quelquefois marqués aux aisselles ; le grand chic, quoi ! Je reste en retrait, fidèle aux consignes, puisque je ne suis pas sur la liste des présentations. Je vois un ou deux types comme moi. Les autres, plus style chauffeur, dont deux avec casquettes, restent dehors. Des groupes se constituent, se défont, se reforment. Des dossiers encombrent les bras de certains. Je comprends qu'il y a des avocats, des experts. J'aimerais bien qu'ils se trouvent un coin à l'ombre.

Une sorte de majordome claque dans ses mains. La visite va commencer. Je l'entends expliquer que le Président s'excuse d'arriver en retard, mais il connaît le dossier. Je repère deux galonnés, sans doute gendarmes. Deux styles de casquette. La plate doit être la plus gradée. Au moins une trentaine de personnes. Le type explique que l'on va présenter rapidement les dégâts et évoquer les perspectives de manière synthétique. Ensuite, une salle de réunion permettra d'échanger. Il précise qu'une décision commune, unanime même, serait souhaitable. Je comprends qu'il y a eu de la casse. Du vandalisme peut-être ; ou des vols. Du coup, le centre machinchose ne peut ouvrir comme prévu. Avec des mots choisis, il raconte que tout ça va coûter un max. Je suis un peu à distance, quitte à ne pas suivre en détail ; je ne me sens pas concerné. Je ne sais pas si c'est une grosse société, ou un truc plus ou moins public. Je comprends qu'il y a des maires, des flics, et tout un tas de sous-culs.

Je me sens quand même mieux lorsque la réunion s'installe à l'ombre d'une pièce ressemblant à une réception. Je reste sur le côté, mais on sent la clim. Ils ont fait le nécessaire, précise le maître de cérémonie.

Deux types font le tour des tables mises en rond, posant un dossier sur chacune.

- Vous trouverez l'inventaire des dégâts, le chiffrage et une première analyse juridique sur les responsabilités.
- Avons-nous des idées en ce qui concerne les coupables.
- Monsieur le commissaire ?

Le type a un accent à couper au couteau :

- Il est un peu tôt pour répondre. Peu d'indices. Une bonne organisation en tous cas. Et puis, des lacunes dans la surveillance. Ou de la malchance. On ne sait pas encore.
- Monsieur le Procureur ?
- Je n'ai pas tous les éléments, mais on dirait bien que tout çà est mieux conçu qu'un simple vandalisme. Et puis, aux dires des experts, il fallait une certaine connaissance pour endommager si gravement les matériels les plus onéreux.
- Avait-on reçu des menaces ?
- Non. Enfin, pas vraiment. Vous savez, on raconte toujours des tas de choses. Et puis, le centre ne plaisait pas à tout le monde.
- C'était bien passé en Mairie, au conseil général aussi, non ?
- Oui ! Mais vous savez !!!
- Et puis on a dû exproprier. Alors !
- Mais enfin, c'est un projet énorme. N'est-ce pas de la légèreté que de…
- Voilà le président.

On se tourne. Moi aussi. Un cortège de quatre voitures sombres. Les portes s'ouvrent, synchrones comme dans un film. Je m'attends à voir sortir Bernard Blier. Tout juste, même s'il ne lui ressemble pas. Très vite entouré d'un aréopage, je vois la tête connue du nabot qui discourt avec force gestes. Un type le poursuit, mobile en bout de bras. Il l'envoie sur les roses. Rapidement, il parvient à l'entrée, où se produit une décantation de la plupart, et seules cinq à six personnes le suivent dans la salle. On se lève alors que, débonnaire, il parle à la cantonade :

- Salut à tous, bougez-pas, poursuivez. Alors, vous êtes d'accord ?
- Nous commençons juste, n'est-ce pas…
- Pas besoin d'être grand clerc, hein ? Et qu'est-ce qu'ils disent les assureurs ?

Mon petit protégé réagit :

- Les dommages sont couverts. La question ne se pose que sur le devenir des garanties ; outre celle des recours, bien sûr. Seule une redéfinition des risques nous permettra d'ajuster le contrat.
- Vous payez ?
- Inévitablement, Monsieur le Président.
- Et ben alors ?
- Mais il n'est pas certain que nous maintenions les garanties.
- Et pourquoi ?
- Selon la nature du risque.
- C'est un manque de chance, et puis voilà !
- Ce sont des dommages volontaires !
- Tout le monde est d'accord là-dessus.
- Et tout ça peut venir de qui ?

Le commissaire répond :

- Trop tôt pour dire.
- Et vous ? Le Président apostrophe les gendarmes.
- La gendarmerie n'a pas tous les éléments. Et Monsieur le Procureur a mandaté la PJ.

- Alors messieurs, on va pas chicaner. L'efficacité. Vous croyez vraiment que je serais encore là sans çà ? Qu'est-ce que vous en pensez ? Mauvaises intentions ? Jalousie ?
- Ou chantage.
- On pourrait faire un parallèle avec des entreprises d'extorsion...
- Et voilà qu'ils vont me chercher des truands, maintenant. Et pourquoi pas la maffia ! Et vous, Monsieur le Procureur, vous en dites quoi ?
- En l'état, pas grand-chose.
- Bon, il faut résoudre tout çà assez vite. Une saison foutue ne va pas arranger nos affaires non. Vous en dites quoi, Monsieur le Maire ?
- Evidemment !
- Et vous en pensez quoi vous, des truands sur votre commune ?
- Evidemment, il y a des voyous... Mais enfin, une grande entreprise de banditisme, quand même...
- Alors, vous voyez !

Le Président explose, bras grands ouverts devant ce jaillissement d'une vérité profonde.

- Vous voulez mon avis ? Des merdeux Des merdeux je vous dis. On se la joue, on se montre. On casse une clôture, et on fait les cons. Des merdeux, je vous dis.
- Jusqu'à présent, l'enquête...
- Et combien de temps il vous faut pour votre enquête ? Hein ?
- Eh bien, je ne sais pas.
- Et voilà. Vous ne savez pas. Allez dire ça aux électeurs. Nous, on sait pas. Ou alors, dites-leur qu'il y a des truands parmi eux, ou chez eux. Bon pour l'image tout ça, pour la tranquillité des familles. Bon sang ! Monsieur le Maire, vous avez bien eu des problèmes avec ces petits cons ?

- Il semble en effet que nous ayons du mal à cerner les exactions de quelques-uns.
- Et vous alors, qu'est-ce que vous faites ?
- Contre des mineurs ?
- Et voilà ! Et vous croyez que les gens votent pour qu'on leur dise des conneries pareilles. Des merdeux, je vous dis. Et puis merde ! On va pas en faire une histoire, non ? Ya personne parmi vous qu'a fait des conneries dans sa jeunesse ? Hein ?
- Monsieur le Président, avec tout le respect que je vous dois, ce n'est peut-être pas…
- Peut-être pas quoi, bordel de merde ? Si vous ne comprenez rien à vos concitoyens, je vous fous mon billet qu'on n'en sortira pas. Un peu de bonne volonté quand même.
- L'enquête…
- Poursuivez-là, votre enquête. Dans deux ans, vous me direz à quoi elle a abouti ! Et avec un peu de chance, vous trouverez bien un lampiste !
- On pourrait se froisser, Monsieur le Président, comme si…
- Bon, merde alors ! On est entre nous, on discute calmement. Si vous voulez, on fait une commission, et je vous délègue un fondé de pouvoir. C'est ce que vous voulez ?
- Que suggérez-vous, Monsieur le Président ?
- Des merdeux, ça demande l'intervention d'éducateurs, pour les responsabiliser un peu.
- Certes. Mais encore.
  Le Président a un bref échange avec un de ses sbires.
- Ecoutez, nos services connaissent bien un certain nombre d'interlocuteurs. Vous savez, les minorités, il faut les respecter. Si vous débarquez au milieu avec vos enquêtes, tout va foutre le camp. Ils vont se braquer. Ça va nous

foutre le bordel, et tout le monde va se plaindre. Il faut pas les prendre à rebrousse-poil. On va les voir, on parle calmement. On leur demande, poliment, ce qu'ils en pensent. Et voilà. Ensuite, ils veillent au grain. Pour peu qu'on les comprenne. Mais qu'on les aide aussi. Parce qu'on s'est assez foutu de leurs gueules, aux communautés.

-   Concrètement ?
-   Bon, je vais pas vous laisser dans la merde, hein ? Nous sommes tous solidaires, parties prenantes. Je vais m'en occuper. Justement, dans la semaine, j'avais quelques rencontres prévues.
-   Et vous croyez ?
-   Ben, qu'est-ce que vous pensez ? Vous avez mieux à proposer.
-   Et d'eux-mêmes, vos interlocuteurs vont intervenir ?
-   Ouais, si je le leur demande. Ah sûr, faut que je leur amène du biscuit ; de l'action sociale, si vous voulez.
-   C'est-à-dire ?
-   C'est-à-dire que si vous voulez que ces gens-là s'occupent de leurs jeunes, il faut penser à quelques équipements.
-   Vous savez, Monsieur le Président, on ne les voit pas souvent dans ce que la commune et le département mettent à disposition de tous. Ou encore…
-   Vous voyez ! Vous reconnaissez que si on ne fait pas des actions spécifiques, avec des interlocuteurs ciblés, tout cela ne mènera à rien.
-   C'est possible. Alors que fait-on ?

Grand silence. Là, les anges passent en cohortes. Les uns les autres se regardent, sans mot dire. L'incrédulité revient à faire acte de méfiance. Le Président reprend :

-   Bon, c'est pas le tout. Il faut que je reparte. Vous me tiendrez au courant. Ou mieux : vous vous démerdez !

- Monsieur le Président ?
- Oui !
- Vous estimez à combien le coût de ce que vous appelez l'action sociale à mener ?
- Je sais pas moi. Il y en a pour combien comme casse ?

  Il se retourne et on lui présente un dossier ; quelques pages tournées.
- Ah quand même ! Je sais pas. Je suppose qu'avec la moitié de ce montant on devrait arriver à quelque chose !
- Et à qui on s'adresse ?
- Je m'en occupe ou pas ?
- C'est-à-dire que nous devrions... Vous savez, la transparence...
- Et vous voulez pas non plus que je vous donne le détail de mes introductions. Vous avez des candidats pour ma relève ?
- Ce n'est pas çà...
- Alors ? On est en confiance ou pas ?
- ...
- Et ils disent quoi les assureurs ?
- C'est difficile, n'est-ce pas. Si nous avons la garantie d'une meilleure gestion du risque... !
- Vous voyez ! C'est du concret au moins. La gestion du risque, je la prends sur mes épaules.
- Alors, le financement ?
- A votre bon cœur. Mais ce genre de détail ne m'intéresse pas. Les uns et les autres, nous avons investi des sommes... importantes. Alors !
- Ne reste plus qu'à faire un tour de table, jusqu'au montant proposé. On ouvre un compte ?
- C'est ça ! Et je demande aux personnes concernées de me signer des décharges ! Vous déconnez complètement. Et puis c'est pareil, non ? Vous me faites passez une mallette, et je m'occupe de tout.

- Monsieur le Président, les formes…
- Je m'en tamponne, des formes. Si vous avez mieux à proposer ?

Une armée d'anges, où les uns surveillent les autres.
- On a fait le tour ?
- Je crois, Monsieur le Président.
- Bon. Sous huit jours. Les travaux reprennent quand ?
- Eh bien, mieux vaudrait peut-être attendre que vous nous donniez le feu vert, après que vous ayez eu vos contacts ?
- Perte de temps. Vous pouvez y aller. Je prends tout sur mes épaules ! Je ne vois pas quelle garantie de plus vous voulez ? Autre chose ?

Le maître de cérémonie sort de sa réserve :
- Je crois que nous pouvons tous vous remercier, Monsieur le Président.
- C'est normal. Dans ma position, on doit aider chacun et veiller à tout. Putain, quand même, il y des réunions qui servent à quelque chose. Hein, Monsieur le Maire, si tous les conseils municipaux…
- Certainement, Monsieur le Président.
- Allez, je fais pas le tour, hein !

Il se serre les deux mains brandies au-dessus de la tête.

Brouhaha, légère bousculade. Il sort.

Les échanges ne se font plus qu'en aparté. La messe est dite.

Durant le trajet de retour, même calme qu'à l'aller. Brèves remarques, de temps à autre.
- Drôle de type !
- Oui.
- Tout se traite comme çà, dans la région ?
- Je crois. Une bonne part au moins.

- Chez nous… Enfin, tout dépend. La manière au moins. Pourquoi avez-vous proposé de vous occuper de la collecte des fonds ?
- Une intuition. Et puis je me dis que, moins il y aura de mains où ils passent… Il est bien connu que le liquide s'évapore.
- Bon, d'accord. Mais je crois sérieusement qu'il faut songer aux contreparties.
- C'était mon idée. Mais je ne peux en parler que de vive voix, n'est-ce pas ?
- Et ce projet de logements sociaux ? Où en est-on ?
- Justement !
- Vous me faites un peu peur.
- Vous avez tout sur mes notes.
- En succinct.
- Je ne peux tout détailler.

Je n'entends rien. Mais je crois que tout le monde se fout du montant de facturation de ma prestation. Je ne suis pas dans la coulée, ou très indirectement, mais je commence à avoir une idée sur la formation des rivières. Souterraines, évidemment.

- Votre région est magnifique !

    Il s'adresse bien à moi, comme son regard dans le rétroviseur me l'indique.
- C'est pourquoi elle a tant de succès.
- Et en plein développement sans doute.
- Au moins tant qu'il y a des entrepreneurs capables.

La mallette

Voilà juste une semaine depuis ma première visite. Je me sens regonflé, un autre homme, avec l'envie d'y croire. Pour être honnête, j'ai la trouille que l'autre m'annonce la fin du jeu. Alors, je crains de demander où nous en sommes, à quelle sauce je vais être mangé. Il faudrait. Il faut. J'arrive à la boite dans cet état d'esprit.

- Salut Moneypenny ! Oh pardon ! Bonjour Madame. A propos, comment allez-vous ?

Ce ne sera pas encore aujourd'hui que je la déride.

- Monsieur d'Astier est là ?
- Je le préviens.

Ce qui, en termes clairs, veut dire que je dois m'asseoir. Dont acte. Il faudra que je demande pourquoi il n'y a pas de lecture. Je me rends compte moins fixer sur Minna ; je prends de la distance, de la hauteur peut-être.

- Vous pouvez entrer.
- Merci, dis-je en passant ; histoire de montrer qu'à l'occasion je peux faire normal.

Il a l'air détendu, et je crois qu'il me regarde entrer pour la première fois. L'accueil s'améliore, si je prends son geste m'indiquant un fauteuil comme une attention.

- Tu te débrouilles pas mal. J'ai même eu de très bons échos à propos de ta prestation avec les suisses. Ils m'ont demandé que tu ailles les chercher.
- Comme l'autre fois ?
- Oui. Je crois que le boss ne sera pas là, mais il y aura un garde avec le jeune.
- Pas de problème. Est-ce que je peux vous demander si vous vous êtes fait un avis ?
- A propos de ?
- Moi ?
- Pressé ?
- Soucieux. Et puis, vous m'avez demandé de me trouver une adresse. Alors, pour m'engager…
- Oui. A vrai dire, je ne peux te répondre vraiment. Je ne sais pas encore bien à quoi tu peux me servir ; mais je sais qu'on va faire un bout de route ensemble. Ne serait-ce qu'histoire de faire mieux connaissance.
- On fait une virée quand vous voulez !

- Pour ton humour, je crois que je t'ai déjà donné mon avis. Plus sérieusement, sache bien que je ne te laisserai pas tomber... si tu ne me déçois pas. Ça te va comme réponse ?
- Presque. Pour engager des frais, il me faudrait savoir sur quel budget je peux compter.
- Je vais demander à Minna de t'adresser à un de mes amis, dans l'immobilier. Je te sers de garantie. Pour tes frais courants, tu peux compter sur 500 par semaine. Pour le reste, tout dépend du travail : difficulté, soin et satisfaction.
- Comme des primes ?
- Si tu veux. Sois patient, et pas trop gourmand. Tu as dû te faire une première idée du monde que l'on fréquente ?
- Quasiment.
- Pas de faux pas. Tout est affaire de confiance, et de discrétion. Tu n'as pas fini de découvrir. Mais tu fais tes classes en silence.
- Compris.
- Tu as déjà fait du tir ?
- Jamais.
- Je te conseille d'aller faire un tour au club de tir. Tu fais le tour, et tu vois si quelque chose t'intéresse. On verra ensuite. Pour l'instant, je peux t'annoncer que tu auras une longue journée. Dès que tu auras raccompagné les suisses à l'avion, tu vas faire une escorte. J'ai oublié de te dire qu'ils tenaient à ce que ce soit toi qui les accompagne. En fait, tu vas surtout attendre. Mais tenue stricte, et tu te tiens à ta place, en restant à portée ; comme toujours. Tu prends tes deux enveloppes en sortant, pour les précisions habituelles.

Il se penche vers le tiroir ; l'un des tiroirs en fait, mais il y en a un qui m'intéresse plus que les autres. Il fait deux éventails, qu'il pousse vers moi. Toujours des billets de 50.

- Ta semaine, et puis ce que tu considères comme une prime.

J'allais dire « Merci Papa ! », mais je crois plus juste de me taire. Je me lève, et ramasse sans manifester d'attention particulière. J'ai assez le coup d'œil pour décompter mille euros sans le laisser paraître, pour chaque éventail. Juste pour montrer que je fais bien mes exercices, je me fends :

- Au revoir Monsieur.
- Au revoir, Ethan.

Pourvou qué çà douré, comme disait Laetitia ! Le temps est au beau.

Je n'ai pas ma plaquette informatique, puisque je connais mon client. Comme indiqué dans l'enveloppe, j'ai laissé la voiture au garage, dont l'accès est direct depuis l'aéroport. Je me doute que la mallette craint le soleil. Il sort parmi les premiers, à moins qu'il n'y ait moins de monde, suivi d'un type svelte et discret. Les salutations se bornent à un signe de tête. Je ne vois la mallette, attachée au poignet, qu'à la faveur d'un geste qui soulève le loden porté négligemment en travers du bras. J'ouvre la marche. L'heure relativement matinale nous permet de retrouver rapidement la voiture. Je tiens une portière ouverte, par laquelle tous deux s'engouffrent. Sitôt en place, je mets la condamnation centrale. Il se détend un peu :

- Vous connaissez la destination, je crois.
- Naturellement. Par contre, je ne sais si vous souhaiterez prendre un repas.
- Je ne sais si nous aurons terminé assez tôt.
- A votre disposition.
- Merci. Quel dommage de ne pouvoir profiter de la région.

Je me dis qu'il est inutile d'en rajouter, le type se foutant certainement de mon avis, tout comme de celui du garde du corps. A moins qu'il ne soit en manque d'adresses. Mais, en ce cas, c'est le temps aussi qui lui manque.

Nous aurons mis moins de temps que je ne pensais à rouler, de sorte que nous arrivons au Conseil Général du département voisin avant midi. Entretemps, il a téléphoné, certainement pour vérifier la présence de son interlocuteur, mais aussi avoir les dernières consignes. Du reste, alors qu'il ne connaît évidemment pas du tout le coin ni la région, il me précise de faire le tour, et finit par me désigner une sorte d'entrée de service, gardée par des gendarmes en uniforme. Il faut montrer patte blanche. C'est le suisse qui présente un sésame par la vitre arrière. La barrière se lève, et le gendarme le plus proche m'indique où aller. Je stoppe bientôt, et regarde alentour avant de débloquer les portières. Le garde du corps sort aussitôt, faisant lentement le tour de la voiture, affectant la désinvolture pour susciter le moins d'attention possible. Il ouvre au jeune, et tous deux se dirigent vers une double porte vitrée, où ils disparaissent. J'ai eu le temps de mieux voir la mallette ; épaisse, métallique. Je me demande combien elle peut contenir. J'en rêve : rencontrer un jour un type avec une mallette qui me demanderait en contrepartie je ne sais quelle saloperie que j'aurais par avance accepté dix fois de faire. Pour être malhonnête, il faut sans doute plus de chance que pour rester comme tout le monde. Combien de laissés pour compte n'auront pas eu la chance de découvrir s'ils avaient ou non une vocation de voyou ? Je me sens à la lisière, tout en ignorant de quelle forêt. La prudence commande de rester à l'ombre. Je me marre, lorsque je vois dans le rétroviseur les deux pandores en faction à la barrière, protecteurs de la loi et l'ordre. Enfin, ne soyons pas cynique. Je ne me plains pas ce qui m'arrive ; et puis je suis en pleine découverte.

Ils reviennent relativement vite, plus tôt que je ne pensais, sans mallette. Le garde ouvre la portière et attend patiemment que son client s'installe, puis il la repousse. Il ne la claque pas ! Il la repousse. En voilà encore un qui a appris à faire les choses avec délicatesse, soucieux de sa clientèle. Je commence à être attentif à des détails auxquels je n'aurais avant prêté aucune attention. Le jeune attend qu'il soit assis à son tour pour proposer d'aller manger. Il me demande si je connais un restaurant simple où l'on puisse manger léger, précisant qu'il aime assez le poisson. Au vu de l'heure, le plus simple me semble d'aller vers le port où les gargotes réservent quelquefois de bonnes surprises. A défaut de trouver quelque chose, je pourrai longer la côte où nous trouverons un environnement plaisant. Encore me faut-il rester près des grands axes pour respecter l'heure d'embarquement. Si je savais suffisamment m'en servir, ce foutu téléphone mobile aurait pu me rendre service.

Finalement, le jeune opte pour un restaurant avec parking et terrasse, préférant manifestement ses aises à la promiscuité. Il nous invite sans ostentation, et nous passons un moment agréable à converser avec réserve et courtoisie. Je dois faire un effort pour réprimer les réflexions qui me passent par la tête. Heureusement pour moi, l'autre semble assez coutumier de ce genre de circonstance, et je cale mon attitude sur la sienne. Je dois m'habituer à me sentir au travail dans des circonstances qui n'y ressemblent pas.

Le retour ne pose aucun problème. Le suisse m'y ayant invité, je les dépose à l'aéroport sans les accompagner.

Je me range sur le terre-plein pour prendre connaissance du contenu de la seconde enveloppe. J'avais noté que les horaires indiqués me laissaient le temps de ne pas mélanger mes deux missions, sans pour autant avoir le temps de traîner. J'avoue que j'aime autant faire une chose après l'autre ; sinon, je peux être distrait à me poser des questions avant l'heure au lieu de me consacrer au présent. Et comme je n'ai pas encore d'automatisme…

La photo vient en premier ; la même feuille que l'autre jour, avec les trois photos. Cette fois, je suis l'heureux élu qui va approcher la belle pour la conduire à une soirée. Les précisions concernent l'endroit où je dois me garer et là où je dois attendre. Démarrage à 20 h 30 et pas d'heure de retour. Apparemment, je suis à disposition. Rien ne dit que je puisse me poser un peu, ne serait-ce que pour somnoler au besoin. J'espère ne pas y passer la nuit. Il y a une fiche, plus simple et synthétique. Tout doit laisser une trace. Maniaquerie ? Je suppose que les détails doivent définir le montant à facturer de la prestation. Il vaut mieux que j'aille manger un peu, vu le temps pendant lequel je vais ensuite rester coincé. Je pourrais aussi profiter du temps dont je dispose pour prendre une meilleure connaissance de mes manuels et autres indications. Les trois photos m'attirent, le portrait surtout. Je suis curieux de voir l'original. C'est un peu comme pour les actrices et autres modèles : On s'en fait une image extraordinaire, alors qu'au saut du lit, ce n'est souvent pas la même chose, sans maquillage et les cheveux défaits. Le visage évoque la perfection d'un dessin, presque irréel.

Trêve de rêverie, il me faut trancher. J'opte pour le sérieux et l'apprentissage de mes classiques ; y compris ce téléphone avec lequel je dois impérativement me familiariser. A midi, je n'ai pas été fichu de faire une recherche de restaurants. Ce fut un coup de chance de trouver au passage l'endroit qui a plu au suisse. Je me décide au moins à aller me poser à l'ombre. Avec un peu de chance, je trouverai bien une terrasse où m'offrir un demi.

J'arrive en avance devant la villa. A quelques dizaines de mètres, une BM comme la mienne, moins discrètement garée. Les rôles sont inversés par rapport à l'autre fois. De la tenue. Le fait de se savoir surveillé discipline. Je coupe le moteur et attends. Rien ne bouge. Rien en vue derrière le portillon. J'attends quelques minutes après l'heure dite, avant de me décider à sonner, de crainte que chacun attende l'autre. Le parlophone est assez audible :
- Oui ?
- Votre accompagnement est là, Madame.
- Merci. … Il me faut un moment. … J'attends un appel. … Entrez ! Je vous ouvre.

Grésillement ; je pousse le portillon qui s'ouvre sans bruit. Tout ici semble entretenu au mieux, jusqu'aux fleurs tombant autour, sans gêner le passage. Il suffit de suivre l'allée, qui sinue jusqu'à une porte de bois massif, une grille ouvragée protégeant le fenestron qui la jouxte, permettant de voir de l'intérieur le nouvel arrivant. L'entrebâillement m'indique que je suis attendu, si j'ose dire. J'aimerais bien en tous cas. Je passe le seuil et reste dans l'entrée, où tout semble aménagé pour attendre ou recevoir. Je m'adosse à un mur de pierre brute, façon pierres sèches, d'où j'ai une perspective vers un salon que dissimulent des plantes vertes.

Je ne l'ai pas entendue venir, d'une porte latérale à laquelle je n'avais pris garde. Surpris, mais surtout sidéré, je me trouve bouche bée, emprunté, envahi par la gêne de me sentir transparent à son regard. Elle lit en moi comme à livre ouvert, s'amusant d'un désir qu'elle a certainement coutume d'inspirer dès le premier instant. Elle me dévisage, de pied en cap, sourit, ne s'étonnant apparemment nullement de mon mutisme. Une sorte de grâce enfantine émane d'elle, mêlant à un débordement de sensualité une délicatesse, suscitant une envie de protéger, ainsi qu'il en irait devant une fleur fragile, et exceptionnelle. Tout mouvement alors constitue un risque. Son aisance à elle contraste. Sa robe rouge la déshabille à merveille, suggestive. Je ne sais comment tiennent ces robes laissant nues des épaules discrètement musclées, les formes se dessinant au moindre mouvement. Un miracle ! Encore qu'à mon goût le miracle serait plutôt qu'elle tombe !

Il y a des gens qui ne croient pas aux miracles. Les pauvres !

J'ai cru un moment sombrer dans l'imagination la plus loufoque lorsque j'ai senti sa main explorer brièvement, glissant sur ma chemise, frôlant la ceinture avant de se saisir d'une raideur dont je ne pouvais dissimuler l'existence. Elle s'en amuse, s'en saisit, faisant tout pour aggraver les choses. Je me sens pétrifié comme, certains matins, lorsqu'un rêve que je ne veux quitter m'incite à m'accrocher en silence au sommeil devenu un alibi ou un refuge, une bonne raison en tous cas de ne pas rejoindre le monde. Je réalise avoir fermé les yeux lorsque, les ouvrant, je ne la vois plus, affairée qu'elle semble, une main sur ma taille, l'autre dégageant ce qu'à genou elle aborde avec détermination. Je repars dans un rêve, dont ne me sépare que la sensation des pierres qui me soutiennent. Coi et figé, je sombre dans un univers de sensations sans entrave. Je ne sais combien peut durer ce genre de choses ; plus, sûrement, que je ne pensais, que ce dont je me croyais capable en tout cas. Je ne maîtrise absolument rien puisque c'est elle, d'un bout à l'autre, qui mène le jeu. Tout a une fin. Je reviens un peu à moi lorsque je sens ses mains presser fermement ma taille, l'aidant ainsi à se relever.

Je vois alors son visage, de près, ses yeux verts, profonds, son front droit, ceint de cheveux savamment tenus de manière à le maintenir dégagé. Un visage si lisse.
-       Un pianiste fait bien des gammes, non ?
        Une part au moins des présentations est faite. Sa grâce reste intacte, sa luminosité.

Après un regard dans un petit miroir façon hublot, elle cherche dans son sac posé sur le guéridon, en extirpe un tube d'un rouge si léger que, sur ses lèvres, je ne vois aucune différence avec une couleur normale ; un brillant peut-être, une netteté aussi. Quelques secondes suffisent. La sonnerie du téléphone me dispense de toute question quant à l'attitude que je dois avoir. Elle me frôle, m'embaumant au passage. Abasourdi, je rectifie ma présentation, l'écoutant converser avec la plus parfaite décontraction.

Je ne suis qu'un enfant de chœur… qui attend le prochain office.

Je dois stationner sur l'aire immense, selon ce que m'indique le service d'ordre barrant l'accès au quai où alternent des yachts plus luxueux les uns que les autres. Elle est déjà descendue, venant à la fenêtre de ma portière.

- Vous revenez sur le quai de sorte que je puisse vous faire prévenir au besoin. Vous donnez mon nom pour pouvoir passer.
- Je ne le connais pas.
- Angie, Angie Morell, avec deux L.
- Parfait.

Je réalise n'avoir pas dit jusque-là un seul mot depuis que je l'ai vue.

Je tente de me rapprocher le plus possible du quai pour m'éviter une trop longue marche ; alors que je ne n'ai rien d'autre à faire qu'attendre. Drôle d'idée d'avoir mis l'entrée du parking au plus éloigné du bassin portuaire. A moins que ce ne soit volontaire. Je me sens un peu à plat, encore mal remis de cette invraisemblable histoire. Je ferais aussi bien de bouger un peu, sinon, je vois mal comment je pourrais attendre indéfiniment. Je ne sais plus où j'en suis. J'ai complètement basculé.

Son nom sert effectivement de sésame, et je passe sans encombre le barrage. Ils me précisent de me faire inscrire en bas du yacht où il y a un comité d'accueil, presque au bout du quai. Au pied de la passerelle, quelques types en tenue identique marquée du nom du navire filtrent les arrivants. Au long du mur d'enceinte, une longue table dressée sert de buffet à ceux qui ne font pas partie de la haute ; délicate attention tout de même. Quelques sièges permettent de se poser. Je n'en aurais pas espéré autant. J'ai bien fait de me dispenser de collation. Je trouve ici plus que le nécessaire. Pour les émotions, j'ai mon compte ; je me contente donc d'eau minérale et de quelques canapés que je crois plus légers, excellents du reste. La piétaille ne sympathise pas, à l'inverse de ce qu'indiquent musique et bruits venus des ponts illuminés ; ou peut-être est-ce à cause de cela ? Ma petite faim rapidement assouvie, je m'installe un peu plus loin, presque dans la pénombre. Je vois assez bien la passerelle, découvrant à l'occasion sur les deux ponts supérieurs des têtes connues, du spectacle, de la politique, et d'autres moins connues, venues d'ailleurs sans doute. Pour autant que je puisse distinguer, les hommes sont d'âge mûr ou plus avancé, alors que les femmes, pour la plupart, sont jeunes, parées de tenues éclatantes. Ou alors, le fric rend beau. Je m'imagine que bobonne est restée à la maison, comme dans les repas d'affaires. Je me dis que les plus importantes ne se traitent sans doute pas au bureau. Après tout, cela fait vivre pas mal de monde, apparemment. Sur le quai, deux camionnettes : un célèbre traiteur, et le pâtissier le plus connu de la place. Je ne sais si ce que j'ai mangé a la même provenance, mais j'imagine que le détail des menus diffère. Devant moi, un yacht à peine éclairé abrite discrètement des hommes dont je ne sais s'ils font partie de la sécurité, ou d'un autre équipage. Le nom, du côté où je suis, est écrit en arabe.

Au moins, la proximité de la mer rafraîchit l'air d'une humidité qui doit devenir lancinante à rester sans bouger. Il suffit de se rapprocher du mur protégeant du large pour éprouver une sensation de chaleur, emmagasinée au long de l'ensoleillement. Je m'offre ainsi quelques pas, de temps à autre, revenant à l'occasion vers l'accès passerelle, dans l'éventualité d'un message ou d'un ordre. J'ai mis le mobile sur vibreur, autant pour ne pas me distinguer que pour être sûr de réagir à un éventuel appel.

Rien ne vaut la proximité de la haute pour sentir à quel point on n'en fait pas partie. Je me rappelle mes tentatives de travail comme chauffeur. Au moins, ici je ne me sens pas dépendre précisément de tout ce monde de petits chefs dont le sentiment d'importance se mesure au mépris qu'ils affectent envers ceux qu'ils jugent de moindre valeur. Ce n'est pas tant le luxe qui me choque que ce qu'il déclenche : la surenchère des coups bas, la course à la servilité.

Lorsque je philosophe, c'est que je me console. Je n'ose pas me dire que finalement je suis comme un collégien, absolument amoureux, obsédé en tous cas et n'osant croire en la moindre chance d'éveiller un intérêt. Je fais tout pour ne pas penser à elle ; sans succès.

Une chose aussi me préoccupe. Je le sens à une certaine manière de m'occuper exagérément l'esprit. Il suffit que je m'en rende compte pour que cesse le stratagème, et mon esprit redevient alors plus clair. Je crois que je suis viré. D'Astier a précisé qu'il ne fallait pas mélanger travail et sexe. A moins que… Après tout, personne ne sait. Il n'y a qu'elle et moi.
Indécis, je ne vois pas trop comment m'en sortir. Vouloir dissimuler les choses est absurde. Dans tous les cas, je serai grillé. C'est sans issue.

La morosité se partage avec mon envie de la revoir. Et pourtant, aucune chance si je perds le boulot. Entre autres adages de ma mère, celui-là : « *rien n'est éternel* » ! J'aurais fait une semaine. Il faudra sans doute rendre ce que j'ai touché ce matin.

Le monde s'est clairsemé. Je la vois saluer sur le pont arrière. Je me dirige alors vers la passerelle, de sorte qu'elle me voit rapidement, alors qu'elle commence juste à descendre. Elle a déployé son étole sur ses épaules et la tient d'une main, tenant ses chaussures à talon de l'autre.

- Vous allez chercher la voiture ? Je n'ai guère envie de marcher.
- Bien Madame.

Il ne me faut pas longtemps. La plupart des officiels a dû partir puisque le service d'ordre, allégé et assoupli, accepte que je m'engage sur le quai, au pas et en marche arrière.

J'aime la sentir derrière, comme si je l'emmenais je ne sais où. Je prendrais bien le chemin des écoliers, sans oser. Je me range devant sa porte et descend lui ouvrir.

- Tu entres avec moi ?

De toutes les manières, je suis viré. Je n'ai même pas réalisé si la BM de l'autre était toujours là ; certainement ! Et puis ainsi, les choses seront claires.

Il y a vraiment des moments où l'on se sent ignorant, presque à en avoir honte. Je ne me savais pas si sot en matière de sexe. En une nuit, j'ai découvert un mélange de légèreté et de tendresse, un univers bienvenu de sensualité et d'attention, le monde d'une puissance qui n'appartient à personne, venue simplement comme la force donnée aux choses par un élan jusque-là méconnu. Angie est une maîtresse dont je suis l'écolier. Pour une fois, je découvre que vouloir être bon élève n'est pas nécessairement vulgaire. Jamais je n'aurais cru que l'on puisse ainsi, des heures durant, n'avoir d'yeux, de sens et d'attention que pour l'autre. Je n'ai pas vu venir l'aube, et le rai d'une lumière déjà bien jaune dans l'interstice des contrevents indique un soleil déjà haut. En effet, ma montre marque plus de la demie de dix heures quand je sors.

Au fond, la vulgarité consiste à ne pas aimer, ou ne pas savoir aimer.

Je ne sais rien d'elle. Nous ne nous sommes rien dit, quasiment ; hormis quelques mots tendres. Alors que je regagne ma, la voiture dois-je dire sans doute, je réfléchis aux moyens que je pourrais trouver de la revoir.

Je ne me sens pas fatigué, mais détendu. A part l'idée que je ne la reverrai sans doute jamais, rien ne m'atteint vraiment.

Autant prendre le taureau par les cornes, comme serine ma mère à qui les adages servent de moyen de penser. Je me dirige donc tranquillement vers SilCom.

Comment se faire des amis

- Je peux voir Monsieur d'Astier ?

Minna regarde la pendule et décroche le combiné.

- Il est arrivé.

Rien à dire, les choses vont vite. Je suis attendu. Elle ne m'a pas même demandé ma fiche. Et puis mon collègue en faction a dû se régaler en me savonnant la planche. Si Angie réserve le même accueil à chacun, on va s'étriper bientôt.

Elle me fait signe d'entrer. Comme hier, il me regarde arriver.

- Assieds-toi.

Ce faisant, j'attends qu'il engage.

- Alors ?
- Eh bien, je crois que je suis viré.
- C'est-à-dire ?
- Vous avez prévenu : Pas d'histoire de cul.
- Là, c'est du cul ; ce n'est pas une histoire. D'ailleurs, tu n'en aurais pas les moyens.

Il est bien au courant.

- Je ne suis pas viré ?
- Pas encore. Tu continues de faire tes classes. Tu finiras bien par te rendre compte que tout çà va compliquer tes affaires.
- Pas de carton rouge ?
- Mademoiselle Morell n'est pas à proprement parler une cliente ; pas plus qu'une employée ; une sorte de relation d'affaire avec qui nous travaillons en bonne intelligence. Elle n'a pas besoin de moi pour se défendre. Alors que j'apprécie son aide au plus haut point.
- Alors pourquoi cette surveillance ?
- Tu es encore un peu frais pour comprendre. Tu y verras plus clair dans quelques temps. Dis-moi, tu n'oublies pas la fiche. Mes dossiers ne souffrent pas d'attendre. Tu la laisses à Minna. Et puis je crois que l'ostéo a cherché à te joindre. Il n'avait pas ton numéro de mobile. Tout à l'heure, en début d'après-midi, je te recommande d'aller au stand de tir. Sinon, pour moi aujourd'hui, quartier libre.

Il me donne congé. C'est à présent que je ressens la fatigue. Incroyable ! D'une part je survis, d'autre part d'Astier se moque complètement de cette histoire.

Je suis presque parvenu à la porte lorsque je l'entends :

- Dis-moi, ce n'est pas mal que tu te manifestes vers dix heures. A la réflexion, je pense que je vais donner à chacun une heure qui lui soit propre. Mon organisation s'en trouve plus facile. Et puis ça permet de parler un peu.
- A demain, Monsieur d'Astier.
- A demain Ethan.

L'ostéo voulait me dire avoir parlé avec Xav, de la salle de sport. A la réflexion, ils ont modifié mon programme, me conseillant d'y aller plus doucement, mais régulièrement ; une heure par jour, voire une heure et demie. Je pourrais aller à la salle à l'ouverture, moyen à la fois de rythmer mes journées et de pouvoir ensuite passer à l'agence. Sur le champ, j'y serais bien allé pour un sauna et un massage. Rien ne m'en empêche. Mais je ne suis pas sûr qu'y aller hors programme soit bien vu.

A près de quinze heures, je me parque au stand de tir. Je crois qu'il a pris la place d'un ball-trap. Depuis, l'environnement modifié ne permet sans doute plus le tir en plein air. La bâtisse est fraiche, aérée certainement, climatisée peut-être. J'apprends que l'essentiel se passe en sous-sol ; question de bruit sans doute. Du reste le port du casque, sur les oreilles, est obligatoire. L'aération s'impose puisqu'une partie considérable est enterrée. Et puis les odeurs de poudre se dissipent d'autant mieux.

Je me présente ; enfin, je tends une carte de SilCom, et le type de l'accueil me donne un casque et un badge du jour. Je circule librement, et repère qu'il y a dans chaque salle un gars qui semble avoir l'œil, sans doute de la maison, ou habitué. Deux types d'une quarantaine font des cartons au pistolet. S'amusant d'une sorte de rivalité, ils comparent leurs cibles, avant de recommencer. A un moment, le plus petit propose à l'autre d'échanger leurs armes. A voir leurs étuis, je me doute qu'ils font partie de la police, ou quelque chose comme çà. A moins que ce ne soient des cow-boys. A la réflexion, ceci n'empêche pas cela. Plus méridional, et donc exubérant, le petit prend volontiers à témoin de sorte que je suis quasiment invité à donner mon avis. Tu parles ! Moi qui n'ai jamais vu une arme d'aussi près.

Nous finissons à la buvette avec de la bière sans alcool. Retrouver un peu d'air, après cette atmosphère confinée et bruyante, me soulage, malgré la chaleur.

- Alors vraiment, tu n'y connais rien ?
- Non, vraiment !
- On va te parrainer. Mais qu'est-ce qui t'a amené ?
- Le travail. Je suis chez SilCom.

Ils éclatent de rire :

- C'est presque la famille. Comment va d'Astier ?
- Bien.
- Un malin celui-là.
- Et finaud, enchérit l'autre.

Le copinage avec Laurel et Hardy bat son plein alors que je ne connais pas même leur prénom. Ce dont ne tarde pas à s'aviser le petit, moins lourd que l'autre ; enfin, pas sur la balance.

- Et toi, comment c'est ?
- Ethan, Ethan Bert.
- Putain, tu es juif ?
- Pas plus que ça.
- Je suis fils de pied-noir, alors les juifs... Moi, c'est Garcia, René Garcia. Lui, c'est Olmeto, Maxime Olmeto. Il pouvait pas franciser le nom. Et le comble, tu sais pas le comble ? C'est que lui il ne jure que par son Browning. Alors que pour moi, rien ne vaut le Béretta. En un sens, il vaut mieux. Il y a quelque chose qui me plaît chez les italiens. On est flics, tous les deux.
- Ce sont vos armes de service ?
- Oui ; enfin, tout comme.
- En fait, vous venez vous entrainer.
- On a nos séances propres. Mais on vient aussi pour se détendre ; et puis garder un peu d'aisance. Dans le métier, en ce domaine, on se rouille. Heureusement d'ailleurs.

Il se penche vers moi, et me glisse, sur le ton de la confidence :

- Et puis on veille sur le club, ce qui s'y passe et les gens qui y tournent.
- Vous travaillez sur la commune ?
- Au commissariat. Alors, le tir t'intéresse ?
- Je ne connais rien aux armes. Je ne sais pas encore.
- Tu peux louer. Au moins, tu pourras essayer et chercher le genre d'arme qui te plaît. Et ce qui te convient surtout.
- Tu veux faire du tir sportif ?
- Je ne crois pas.

- C'est pas mal de commencer par là, pour la discipline.

Laurel-Olmeto regarde sa montre.

- Il faut que j'y aille. Toi tu rentres chez toi, mais moi, je dois passer au bureau.
- On y va alors. Allez, salut Ethan ; à bientôt.

L'autre me fait un signe alors que Garcia me secoue encore.

Je ne sais pas pourquoi je suis là. Mais autant en profiter. Je retourne à l'accueil pour me faire préciser un peu les choses : les tarifs, les heures, les armes à la location ; et puis, surtout, je demande s'il est possible d'avoir un moniteur. L'impression que j'avais d'un mélange de contrôle et de surveillance s'avère fondée ; alors autant faire les choses dans l'ordre, et me faire accepter, tout en me familiarisant.

Je passe une fin d'après-midi très détendue avec l'agent immobilier qui ne cesse de plaisanter, tout en me présentant une sélection des appartements qu'il a en gestion. Attentif à mes réactions, il me sonde pour voir ce qu'il peut me proposer. La question prix m'importe plus qu'à lui ; chose bien naturelle. Mais je crois que la carte SilCom y est pour quelque chose. Il insiste sur le premier choix à faire, dans la même gamme de prix : Un studio un peu classe, ou un deux pièces plus raisonnable. J'insiste sur le parking, et son accessibilité. Une série cinq demande un minimum, même si elle braque plutôt bien. Finalement, il tripote une armoire murale, et en extrait quelques trousseaux.

- Je crois que le mieux est d'y aller à pied. Ils sont tous dans le quartier ; et puis on se rend mieux compte de l'environnement.

Sans que ce soit l'inquisition, je sens que le type s'intéresse à moi, tempérant sa curiosité par des questions de circonstance. Ou alors, il tombe amoureux de moi. Comme tout le monde, il doit veiller à la clientèle de D'Astier and Co. Tant pis pour ma fierté. Je suis un pantin : c'est le marionnettiste qui retient l'attention.

Drôle de métier que de faire visiter des trucs plus ou moins merdiques pour arriver au dernier appartement qui est le seul à mériter la visite. Je suis, dès l'entrée de l'immeuble, charmé par une surface donnant partout une impression d'espace. Le studio est à l'avant-dernier étage, offrant une vue mer suffisante sur deux côtés, avec les montagnes en arrière-plan pour l'un, et un bout du port sur l'autre. La terrasse est grande, aménageable, et relativement calme. Au-dessus un appartement villa appartenant à des touristes aisés garantit discrétion et tranquillité. La pièce est grande, et la cuisine américaine est conçue de telle sorte qu'on doit pouvoir laisser traîner les choses sur la table sans se sentir envahi ; important pour un célibataire aussi soucieux que moi de la vaisselle et du ménage. Enfin, la salle de bain est superbe, carrelée d'un marbre rainuré du plus bel effet. L'agent immobilier recommande une femme de ménage, parce que, selon lui, le nettoyage n'est pas de la tarte. Tu vas voir qu'il va me fourguer l'adresse d'une copine, et peut-être avec le tarif des extra style « Nafitassou ».

Nous finissons par le garage où la place de parking permet d'entrer directement la voiture, ou encore de faire une simple marche arrière pour se trouver dans le bon sens. L'agent précise qu'il n'y a pas de concierge, mais un gardiennage. L'immeuble récent offre de belles prestations, et tout est climatisé, y compris les communs : Voilà le discours ! Autant dire que je serais un âne bâté de passer à côté de cette affaire. En fait, ce type savait très bien n'avoir qu'un seul truc à me montrer ; il a fait le parcours pour me distraire, comptant sur ma lassitude pour être séduit au bout du périple. Encore un qui se soucie de mon bien. Finalement, je passe mon temps à faire le loufiat, puis à voir les autres faire le loufiat avec moi. Lâche-pas ton fromage, mec, ils veulent te le bouffer.

De retour à l'agence, il me rassure quant aux exigences, qu'il énumère pour les accommoder ensuite : Que c'est bon d'être aimé !
-   Vous avez une carte de crédit ?
-   Pas encore… J'ai changé de banque.
-   Enfin, tout s'arrange, avec une bonne caution. Caution morale, je veux dire. Et vous avez celle de Monsieur d'Astier. Pour la caution financière, je vois avec lui ?
-   Ce sera plus simple. Le contrat qui nous lie n'est pas entré dans sa phase définitive.
-   Je vais quand même prendre votre carte d'identité.

- Pas de problème.

Je sors mon portefeuille et lui tend le rectangle en plastique.

- Athanase Bertissol ?
- Voilà. C'est mon état-civil. Mon nom d'usage, comme je vous l'ai dit, c'est Bert, Ethan Bert.
- Bon, de toute façon, c'est moi qui ai l'appartement en gestion. Comme je vous disais, avec une bonne caution, les difficultés s'aplanissent. Et vous pensez… vous installer durablement ?
- Tout y concourt, n'est-ce pas ?
- Bon, quelques détails à voir et… je vous fais passer l'offre définitive à SilCom ? Ou vous préférez repasser ?
- Adressez-là à SilCom, et je reviendrai ensuite vous voir. Ou un coup de fil.
- Parfait. Voici ma carte. Appelez avant de venir. Vous comprenez, les visites…
- Bien sûr.

Je me sens quand même un peu emprunté lorsqu'il me faut justifier de tout un tas de choses. Et encore ne m'a-t-il pas sorti le coup des bulletins de salaire, justifications de ressource et autre déclaration d'impôt… que j'aurais été bien en peine de fournir. Je réalise trop tard n'avoir pas même demandé quand je pourrai prendre possession des lieux. Trop tôt sans doute pour formuler des exigences. Retrouver un chez moi. Depuis le temps ! Profitons de notre pain blanc.

Je réalise aussi dépendre totalement de d'Astier. Je ne saisis pas trop pourquoi il me chaperonne. Ou alors, c'est ainsi qu'il s'est construit un réseau ; un réseau de services rendus, de dettes et d'obligations morales. Davantage le style du bonhomme que la pure et simple bonté.

- Tu as rencontré le bon samaritain, me dit ma mère.
- Dommage qu'il ne m'ait pas proposé de pressing.
- C'est ça ! Dis tout de suite que je ne sais pas entretenir ton linge. Et puis, à l'âge que tu as, il serait temps que tu te débrouilles par toi-même. Et puis je croyais que Monsieur repartait tout à neuf…

Ma mère fonctionne à peu près comme une chasse d'eau. Si tu as le malheur d'y toucher, elle coule indéfiniment, les velléités d'y remédier finissant régulièrement par échouer, décourageantes au point de ne trouver d'issue qu'à tout remplacer. Ce qui se conçoit, pour une chasse d'eau. Pour une mère…

Alors, on finit hypocritement en espérant que l'entartrage palliera le manque de moyens, pour étancher les fuites.

En moins d'une semaine, j'ai mon chez moi. Pour emménager je me suis donné du temps. J'ai revu l'agent immobilier, simple et direct ; sympathique en définitive. Il m'a envoyé chez un de ses amis qui tient une salle des ventes, mais fait aussi dans l'antiquité, à une autre adresse, bien entendu ; après en avoir discuté, il pense qu'il me trouvera ce qu'il me faut, surtout si je ne le presse pas. Il fait du beau, et du très beau. Je n'aime pas vraiment l'ancien ni les meubles de style, mais j'en ai marre du moderne qui se démode, à moins de se déglinguer encore plus vite. J'aimerais donner à mes pénates un peu de cachet ; question de satisfaction, et puis d'image aussi. Quoique je ne pense guère recevoir.

Je le retrouve aussi à deux reprises au petit déjeuner dans le même bar, à deux pas du studio. Après tout, nous sommes quasiment voisins. Nous convenons, à l'avenir, de faire table commune lorsque nous nous rencontrerons. De ce fait, son nom me reste mieux en tête, alors que je l'avais vu sur sa carte sans y prêter de réelle attention : Galien Manceau.

Je suis devenu un familier de la salle de sport, même si la mentalité, ce culte du corps parfois obsédant, me laisse sur ma réserve. Je copine avec Andréa, en mal de confidence, et les séances de massage parachèvent mon information sur les potins de la ville. Pas mal de gens passent ici. Et que faire d'autre avec ces machines ennuyeuses que parler, dès qu'un être humain passe à portée ? Il y a bien quelques excités de la gonflette que n'étouffe pas l'art de la conversation. Je découvre aussi Andréa, ingénue, naïve plus que sotte, mais aussi d'une franchise déconcertante. Je crois aussi changer, insensiblement mais assurément : mon regard sur les femmes…

Pourquoi, n'est-ce pas ?

Je prends des cours particuliers auprès d'Angie.

Bien qu'ayant tenté d'y réfléchir, je n'ai trouvé aucun moyen de me rapprocher d'elle. Et je crains qu'elle ne tolère aucune fausse note de ma part. Alors, je m'en remets au gré des missions, et aux signes qu'elle m'adresse : pas d'initiative. Après tout, elle est mieux placée que moi pour décider des choses sans paraître en prendre la peine ! Je la vois au moins une fois par semaine, parfois deux, et pour des durées très variables. Je me soucie d'elle, sans trop rêver à la place que j'aimerais avoir. Je la sens proche, et ce n'est pas qu'une illusion. Lorsque je passe la nuit, nous parlons, brièvement certes, mais simplement, directement. La plupart du temps, nous avons mieux à faire. A elle seule, c'est un continent. Elle ne se raconte pas d'histoire. Moi non plus. Elle vient d'un certain milieu. Moi non plus. Et elle apprit à ses dépens que l'accès à la haute est illusoire ; à moins d'avoir ses armes propres. Ou d'immenses qualités. Elle en a au moins une. Je n'insiste pas ; rien de salace de ma part à son sujet. Au contraire. Le plus simple est que je vous la présente, telle que je l'ai comprise. Une vraie femme de cœur.

Elle et moi avons au moins un point commun. Nous avons chacun un nom de scène : un nom à la ville, et un nom d'état-civil. De son vrai nom Giulia Espala, elle a connu une enfance de rêve dans une famille italienne arrivée par la force du poignet et le sens des affaires du père. Lorsque j'étais enfant, je me souviens des camions et autres engins énormes portant le nom en lettres vertes ; ou encore les palissades interdisant l'accès à des chantiers gigantesques, avec force affiches, et panneaux d'entreprise, et ce nom, en lettres énormes. Bien au-delà du département, les chantiers portaient cette marque, et rien d'important ne se faisait sans qu'on ne la voie. J'ai même cru longtemps que tous les chantiers portaient un seul et même nom : ESPALA.

Elle me détailla la maison immense, sur les collines niçoises, où elle vivait, force domestiques assurant la continuité d'un entourage dont les chargeaient des parents accaparés. Presque chaque soir ils recevaient, changeant de style, de l'intime au mondain. Et puis aussi le souvenir d'avoir vu des paquets de journaux mal ficelés, dont elle découvrit un jour qu'ils dissimulaient des liasses de billets. Du reste, elle connaissait un ou deux tiroirs où l'on pouvait se servir sans que personne, apparemment, ne s'en rende compte. Il n'est pas dit que quelques membres du personnel de maison n'y aient eu recours.

Tout ce que la contrée pouvait connaître de gens importants se retrouvait chez eux, l'été surtout, avec des méchouis que venaient organiser des ouvriers arabes du père, s'assurant ainsi des compléments de revenu non négligeables. C'était le jackpot permanent. Le paradis pour ses trois frères et ses deux sœurs. Dernière d'entre elles, et avant-dernière de la fratrie, elle ne connut que le pain blanc, et les gros morceaux de beurre… jusqu'au jour où…

Elle n'a jamais compris, parce que jamais su. Le fait est que son père devenait taciturne, nerveux comme disait la mère. Tout basculait, disparaissait. Les gendarmes sont venus ; ils ont tout visité, et pris pas mal de choses. Des pièces ont été fermées, des scellés, comme ils disaient. Le père n'allait plus travailler. Du reste, il n'avait sans doute plus de bureau. Et puis, un beau jour, il a fallu partir. Il n'a pas supporté. Se tirer dans la bouche à la chevrotine a quelque chose d'atroce et de spectaculaire. Elle n'a rien vu, mais elle avait des oreilles, et ce qu'elle entendait suffisait à son imagination. Elle ne sait plus si sa mère était déjà hospitalisée, ou si ce fut ensuite. La maison désertée n'était plus leur. Personne. Personne, sauf un ami de son père. Un architecte. Un type qui a la haute main sur tout ce qui est travaux publics. Ses clients sont les donneurs d'ordre. Autant dire que toute la confrérie est à sa botte. Et les entreprises… Le meilleur ami de son père. Un peu à distance, il était là.

L'entreprise a disparu… au profit d'une autre.

Je me souviens lui avoir demandé :

- Il s'est occupé de vous ?
- De moi. … le soir de l'enterrement de mon père, il me dépucelait…
- Tu n'étais qu'une gamine !
- Treize ans passés. Mais je n'étais pas idiote. Et puis, quand je dis dépucelée… c'est complètement.
- Quel salaud !

Je n'ai pu m'empêcher de penser normal qu'un architecte s'occupe de tout, de la cave au grenier. Mais je ne suis pas sûr qu'elle aurait apprécié. Je fais des progrès.

- Si tu veux. En tous cas, il m'a expliqué que mieux valait prendre l'initiative de faire les choses bien. Il m'a faite femme… par tous les pores de ma peau.
- Tu aurais pu être sa fille !

- Il a une fille, de six mois plus âgée que moi. Il m'est arrivé de penser que mon histoire l'avait protégée, à mon insu… au sien… comme à celui de son père. Et puis, il a pris soin de moi, m'aidant sans défaillance. Et avec tendresse.
- Tu l'excuses.
- Non. Mais je ne l'accuse pas. J'ai vite découvert que j'aimais la vie, le sexe, l'amour. Il a su me permettre de le découvrir, quoi que l'on en pense par ailleurs. Bien des hommes, par empressement, maladresse ou connerie…
- N'en auraient pas fait autant ?
- Ce serait à moi d'être en colère. Je ne le suis pas. Je ne le suis plus en tous cas.
- Qu'est-il devenu ?
- Mais il est toujours là !
- A veiller sur toi ?
- Au besoin. Il est fidèle. Je pensais te l'avoir dit. Et puis, toujours vaillant !

Elle sourit. Moqueuse ? J'ai compris que mon impétuosité l'agaçait, autant que cette indignation morale par laquelle on transforme en turpitudes ce qu'on ne comprend pas. Je me souviens avoir vu des enfants jouer sur les ruines d'un tremblement de terre, seulement deux jours après sa survenue. Aujourd'hui, on leur enverrait des psy. Question de morale ! Ils doivent être malheureux.

Et puis je me suis rendu compte que sa douceur n'était pas feinte, ni sa tendresse. Là était sans doute son plus grand secret. Elle n'est pas tant experte qu'amoureuse, amante.

- Ce que tu fais, fais-le bien. Voilà ce que me disait mon père. Et puis, j'ai compris qu'on ne fait bien que ce que l'on aime. Par chance, j'aime ça. Les hommes croient souvent que leurs fantasmes sont dégueulasses. Ce qui est dégueulasse, c'est de penser çà. Ils rêvent de putes parce qu'ils ont peur des femmes. Une femme qui aime ça les terrifie, et les soulage intensément. J'aime celui qui m'aime, comme dit Prévert. Mais moi, j'aime qu'il m'aime, et je n'ai de cesse qu'il découvre m'aimer, ou quelque chose de moi. Tout comme moi, quelque chose de lui.
- Mais tu baises avec n'importe qui ?
- Crétin !

Il m'a fallu du temps pour commencer à comprendre. J'aurais dû, tout simplement, me laisser plus encore aller ainsi qu'elle n'a encore de cesse de m'y inviter, sans dire un mot, prenant l'initiative sans paraître. Auprès de son corps, je suis bien, j'aime tout d'elle et me sens en paix. Aucune morale ne m'a apporté autant.

A mots couverts, elle a reconnu aussi avoir ses renseignements, petits et grands, sa connaissance des secrets de quelques-uns.

- Je ne suis pas innocente… et puis je n'ai pas tout pardonné. Pas plus que je n'ai pardonné à tous.
- Tu as des intentions ?
- Je ne sais pas. Mais ce n'est pas moi qui ai voulu apprendre à faire la guerre.

Elle m'impressionne par l'invraisemblable diversité des facettes que je découvre d'elle. Tout de son corps me fascine, m'embrase ; ce qui l'amuse, comme si c'était un compliment. Je ne sais ce qu'elle me trouve ; pourtant, elle m'accueille sans hésitation. Sa grâce bouleversante me transporte, plus envoûtante encore dans nos ébats. Rire la rajeunit, à moins qu'elle ne soit plus jeune que son aisance ne le laisse supposer. Des expressions ingénues surviennent aussi sans affectation. Elle donne l'impression de jouer, de tout, tout le temps. Rien ne pourrait l'atteindre. Et puis cette lucidité que je découvre parfois, une sorte d'intelligence du monde, des gens. Rien ne l'impressionne.

- Quel âge as-tu ?
- Grossier personnage. … Je fêterai en septembre mon vingt-quatrième anniversaire.
- Je t'inviterai.
- Chiche ! … Au fait, et toi, d'où viens-tu ?
- De nulle part. Ne t'inquiète pas, j'y retourne.

Une station balnéaire comme une autre

Les missions évoluent alors que la saison avance, et les gens qui comptent se confinent dans des lieux qui leurs sont propres, ne se mêlant à l'ordinaire de la gent estivale que le temps de quelque encanaillement ; ou pour paraître. Comme l'huile et l'eau, ces milieux ne se mélangent pas. Une soirée ici ou là attire une foule de jeunes, hommes et femmes, persuadés qu'il suffit d'entrer par la fenêtre ou par chance pour avoir ensuite quasiment sa place. Quand bien même ils seraient objets du plaisir d'un moment, ils se retrouvent vite sur la touche, leurs moments de gloire ne durant que par ce qu'ils en racontent, moyen de paraître à la coule à d'autres prétendants plus naïfs, prêts à les croire presque introduits. Il y a ceux qui s'encanaillent, s'amusant de l'empressement qui les flatte. Et puis il y a toute cette faune d'apparents fêtards, organisant tout et son contraire comme des moments d'exception dont ils tentent de faire l'occasion de lucre sans donner jamais l'impression de travailler, sourire en bandoulière promettant l'extase à bref délai ; quitte à recourir à de menus produits. La guerre des carnets d'adresse sévit aux endroits où confluent ces faunes, dont on ne sait les espèces les plus vulnérables. Parmi elles, des gens comme moi jouent les gardes-chasse, veillant au rétablissement de limites qu'estompe l'ivraie, aidée parfois de « dopants ». Comme les dents du peigne, ceux que je reconnais maintenant aisément comme mes pairs séparent les mèches un moment emmêlées. Et puis, on se retrouve entre soi, tout comme se décompose d'elle-même une émulsion lorsque cesse l'agitation qui la faisait gonfler.

Heureusement pour moi, mes pairs ne sont pas mes semblables, les agences se partageant les rôles. SilCom reste soft, toujours dans le légal ; du moins pour ce que je vois faire et selon les consignes. Il y a plus méchant, comme ces types dont le pneumatique vient dissuader des bateaux s'approchant de trop près de quelques villas huppées éclairées comme en plein jour. Sans doute des missions plus sérieuses s'exécutent elles dans l'ombre, à la faveur de la nuit. Le milieu de la nuit, dit-on. L'expression n'est pas fausse.

Avoir un chez soi demande un minimum, et donc il m'a fallu le faire assurer. Autant continuer le copinage. Galien m'a donné une adresse. Et je me suis retrouvé en pays de connaissance. L'agent d'assurance travaille apparemment seul, et il navigue entre le bureau de l'entrée et celui du fond, qui fait tout de même plus sérieux, mais dans lequel on ne semble jamais aller. Il fait signe derrière moi, invitant l'arrivant à s'asseoir, méconnaissant radicalement la situation d'entretien dans laquelle je pouvais croire me trouver. Le visiteur vient saluer, et me tend la main. Je le reconnais immédiatement, inchangé ou presque, plus épais : Daniel Labare.

- Comment vas-tu ? me demande-t-il d'une voix posée, chaude, familière, comme si nous étions d'anciennes connaissances. En un sens…
- Bien, je te remercie. Nous avons le même assureur.
- Tu as raison ; c'est un voyou, mais il est sympa. Non, rajoute-t-il aussitôt, je déconne, il est sympa et sérieux. Et puis, on parle entre hommes, non ! Bon je vous laisse. Ludo, je repasse tout à l'heure. Allez, ciao.

Une résurgence du passé. Trois frères, ils étaient trois. Mais je ne sais s'il n'y a en a pas eu un plus jeune. Tout le quartier, et au-delà, mettait en garde contre cette famille infréquentable, voire dangereuse. Au début, c'étaient des conneries, puis des histoires de voyous, et puis ils ont commencé à passer dans le journal. Ma mère voulait me terrifier à force mises en gardes, alors qu'elle attisait ma curiosité. L'aîné, Alain, était le plus beau, le plus mince. J'apprendrai qu'il a une vie posée, comme tout le monde. Les deux autres, Daniel et Christian, ont dans leur genre fait une carrière publique.

Tout cela pour dire que j'ai revu Daniel plusieurs fois, chez l'assureur, et sa bonhomie et sa faconde exerçaient rapidement un pouvoir de séduction dont je voyais les effets sur Ludo, comme un reflet des risques auxquels je m'exposais. Puis, il nous est arrivé de finir au bistrot d'en face. J'ai aimé ces longues conversations libres et enjouées qui levaient un peu le voile sur le monde de la nuit, puisqu'il tient une boite.

- C'est ma femme qui s'en occupe.
- Mais c'est chez toi ?
- J'ai pas le droit. Déjà qu'il faut que je me tienne tranquille pour qu'ils m'emmerdent pas. Normalement, je devrais même pas être ici… Enfin, on a ses connaissances !

- Et ton frère ?
- Christian ?
- Oui.
- Il est aux baumettes.
- Ah !
- Des conneries, des histoires de garçon, quoi ! Pour toi, ce serait comme un accident du travail. Tu sais, ils reculent devant rien pour t'enchrister. Association de malfaiteurs, comme ils disent. Quand tu fais certains itinéraires, tes copains ne sont pas enfants de chœur. Alors, tu bois un coup avec eux, et t'es bon.

Je me souvenais assez bien d'une série d'articles du quotidien local, commençant par la fusillade d'un hold-up raté et finissant par la découverte d'un arsenal trouvé chez lui lors de la perquisition. Je sais s'il y avait une volonté dans le choix du cliché, mais les photos faisaient très malfrat. J'ai reconnu sans peine le visage, et le nom a levé le moindre doute.

- Et toi ?
- Je me réinstalle.
- Tu as raison, on est bien ici.
- Qu'est-ce que tu fais ?
- De l'escorte, de l'accompagnement, du convoyage. SilCom, tu connais ?
- D'Astier.
- Oui.

Je ne montre pas ma surprise.

- Une figure ce con. Il s'en est bien sorti. Tu te souviens pas ? Il était plagiste, chez l'anglais. Tu sais il avait une vieille TR 3, bleue. Il a maqué une gonzesse qui baisait avec le maire. Et puis l'anglais, le proprio, c'était un drôle.
- J'étais un peu jeune, je crois. C'était le quartier général de Sarcole, sa plage ?
- Tu t'en souviens de Sarcole ?
- Il faisait tout pour.
- Jamais vu un gars aussi gonflé... Mais il était un peu fou. A 17 ans, retourner piquer dans le commissariat la bagnole dans laquelle il s'était fait serrer. C'est spectaculaire, mais emmerdes garanties. Il se croyait soutenu. Tu sais, il faisait les affiches.
- Oui, je sais, pour les élections.
- A chaque élection, il sortait du trou. Mais il faisait tellement le con qu'après, on l'y remettait.
- Qu'est-ce qu'il est devenu ?

- Il a eu un accident. Un vrai. Le dernier. Que veux-tu ? Si tu restes jamais à ta place, quelqu'un finit par t'en trouver une où tu fais plus chier. Et tu crèches par-là ?
- Au-dessus du port.
- Viens me voir à ma boite. C'est à deux pas, le Mondy. Et tu vas voir, tu vas retrouver des copains. Tu te souviens de Roger ? Tu sais le type de l'Ouka-Club.
- Je pensais qu'il devait fermer.
- C'est pas encore fait, va ! Et puis Roger, il a des assurances. Mais pas chez Ludo. Un autre genre.
- Il y a un gros projet, avec la mairie sur le coup.
- On ira le voir, un soir. Mais le branche pas là-dessus ; il est susceptible.

Je découvre autrement certains restes de mon enfance, des gens perdus de vue. Le souvenir des visages d'enfant donne une impression de familiarité avec des types à qui, à l'époque, on n'a jamais adressé la parole. Après coup, on se trouve « pays », et le copinage va de soi, comme ayant toujours existé. Pour certains d'ailleurs, il n'a jamais cessé. Des liens se sont tissés, des réseaux, et puis des nœuds aussi. Je redécouvre un monde parfois familier que je croyais connaître, pour réaliser la proximité entre ce qui fait les articles et la vie usuelle ; entre les deux, l'univers des potins se déploie, naissant souvent sur les quais pour remonter par les commerces, les bistrots et les restaurants. Un monde de familiers se comporte comme des initiés, en particulier quant à ces secrets sans mystère que le moment des apéros partage sans compter.

Il y a le milieu de la nuit, et le milieu du port. Sont-ils si différents ? Les ports, du reste, ont mauvaise réputation. Ici, le port est devenu une sorte d'univers en lui-même. Il doit bien rester un ou deux pêcheurs ; mais l'activité a changé, définitivement. Des sociétés aux noms à consonance anglo-saxonne font le pont entre nautisme, banque et affairisme. Tu peux passer des heures à observer la vitrine : rien à voir, sauf une déco luxueuse. Rien ne semble se passer. Quelques lieux industrieux, comme un chantier naval, rassurent, donnant le sentiment qu'y travaillent des gens ordinaires, ne rêvant que de bateaux extraordinaires ; et d'aubaines, comme si le luxe était contagieux. Je me laisse parfois gagner, lorsque je suis invité plusieurs jours de suite sur un pont un peu plus long que les autres. Mais pour se balader à poil, il faut que le peu que tu portes soit hors de prix. Je suis en reconstruction, doutant encore de ce qui m'arrive, anesthésié en quelque sorte. Je bosse, sans compter les heures, et je me refais peu à peu une santé. Mais j'ai trop mangé de merde pour croire aux dentifrices miracles. Et puis, sauf à être le dernier des cons, bien des histoires montrent que la fracture des mondes reste entière, même lorsqu'ils se frottent l'un à l'autre.

Je n'avais, comme tout un chacun, prêté qu'une attention indignée aux articles racontant comment un off-shore, ces bateaux à la puissance monstrueuse, avait haché menu des touristes jouant à se faire secouer sur une saucisse pneumatique tirée par un hors-bord. Scandale des scandales, évoluant au fils des jours de la certitude vengeresse aux réflexions se voulant documentées, comme le fait que le pilote de tels engins ne peut rien voir, alors qu'il déjauge, bateau cabré par le déferlement de puissance. Les commentaires se sont espacés, jusqu'au silence, total après quelques semaines. Je ne sais plus avec qui j'étais, ce soir-là, au moment de l'apéro. Eméchés et bruyants, les deux voisins au comptoir passaient de l'hilarité à des attitudes désabusées, affectant de bien connaître la différence des destins.
- Tu parles, les gendarmes cherchent depuis plus d'un mois. Et ils ont pas fini.
- Putain, dans n'importe quel port, on les rencarde.
- Ils sont que trois. Tu sais ce que ça coûte ces montres ? Et ce que ça bouffe ! Plus d'une tonne à l'heure ! Un à Saint Trop, l'autre à Monaco.

- Et le troisième ?
- Va savoir ! Et puis, comme on n'a trouvé aucune trace du bateau, va trouver le nombre d'endroits privés où il peut être. Tu parles, il doit pas y en avoir dans toutes les criques des ports-garage privés de plus de trente pieds.

C'est le côté provoquant qui m'a mis mal à l'aise. Tout ce qu'ils risquaient, hâbleurs en mal de reconnaissance, c'est de se faire fermer la gueule. Ou alors, ils racontent n'importe quoi, tout simplement. Je n'ai pas eu d'autre réaction que ce malaise. Je comprenais bien de quelle propriété ils parlaient, considérée comme partie intégrante du royaume d'origine des propriétaires. La plupart du temps sans uniforme, des gardes élargissaient le no man's land dès lors que la famille royale pointait le bout du nez.

L'organisation de mon temps me plaît, comme ce moment de mise en forme du matin. Je vais ensuite à l'agence, comme tout bon employé soucieux de son service. Je trouve toujours du charme à Minna, distante et gracieuse, ne s'écartant pas d'un pouce de l'image de l'employée de confiance. Mon naturel n'a pas plus de succès que mes précédentes tentatives. Bienheureusement, l'omniprésence en moi de la dame de mes pensées me protège des dissipations. Je m'occupe d'autant plus volontiers que j'attends quasiment tout le temps un signe d'Angie, craignant bien tard une dépendance avérée. Ses moments, tardifs ou matinaux, comme on voudra, de disponibilité, ne gênent pas l'emploi de mon temps : ce qui m'épargne d'avoir à faire des choix.

- Assieds-toi un moment.

D'astier veut-il me faire la conversation ? Ou mon insistance avec Angie…

- Je crois qu'on va bouger les lignes…
- Moi, les rébus ! Ou le rugby peut-être ?
- Ce n'est pas parce que nous sommes plus à l'aise qu'il te faut faire le con. Il s'agit du boulot. Les choses bougent. Je crois qu'il me faut alléger.
- Je me disais aussi que rien ne dure.
- N'aie crainte. Question travail, tout va bien. Bon, voilà ce que j'ai pensé. Tu crées ta boite ; je t'aide si tu veux ; j'ai un conseil juridique : Une pointure ! Et puis, pour toi, c'est pas mal de le rencontrer. Alors voilà, tu crées ta boite, et tu te démerdes, tu fais ce que tu veux ?

- Vous me foutez dehors, ou vous me laissez tomber ?
- Ni l'un ni l'autre. Si tu veux, je te fais un contrat, de société à société, et je te garantis un minimum. Toi, de ton côté, tu fais ce que tu veux ; en respectant tes engagements bien sûr.
- Comprends pas.
- Tu deviens autonome, en quelque sorte. Je te garantis un minimum, un bon minimum. Et si tu veux, tu peux travailler avec d'autres.
- Et qu'est-ce qui…
- Il y a des moments où il faut voyager léger. Et puis, je ne suis plus jeune. Il faudra peut-être… Enfin, tout ça est encore loin devant. Pour l'instant, il faut que je diminue mes frais de structure, comme on dit.

Il ouvre un tiroir, et me tend quelques feuillets. Je prends le temps de lire. Entretemps, il passe à autre chose. Il appelle Minna, mais je me concentre sur ma lecture. Les six mille euros mensuels de chiffre devraient me rassurer ; mais je ne comprends pas. Et puis, il me faut un local, et une bagnole, un téléphone, et que sais-je ?

- Alors ?
- Je ne comprends pas.
- Je te parle du contrat.
- Je dépends totalement de SilCom.
- Comme maintenant.
- Mais tout stoppe du jour au lendemain.
- Tu as mal lu ; préavis ou indemnité de rupture de quatre mois.
- Il me faut un bureau, une bagnole, du personnel, des moyens…
- Holà, je ne suis pas contre tes projets, mais va doucement. Je te laisse disposer de tout, voiture, téléphone et même secrétariat. Nous verrons un peu plus tard lorsque le temps sera venu de mettre les affaires en ordre.
- Minna va faire une drôle de gueule.
- Rassure-toi, c'est une femme d'expérience. Tu pourras t'en rendre compte.
- Et l'adresse ?
- Ici. Je peux aisément aménager un studio en dessous. Tu fais faire un peu de papier à en-tête et des cartes ; je ferai meubler à minima. Dès que tu as une ligne téléphonique, on renvoie sur le numéro d'ici. Pour toi, au quotidien, rien ne change. A part, je te l'ai dit, que tu peux prendre des clients directement pour toi. Je ne te demande rien là-dessus. En revanche tu me garantis ton job pour ce que je te confie ; et ça reste prioritaire.
- Et la voiture ?

- Tu t'en sers. On verra après. De toutes manières, c'est une carte grise de société. Ce n'est qu'une affaire de contrat.
- Dites-moi !
- Oui ?
- Vous saviez dès le début ?
- Quoi ?
- Que vous ne me gardiez pas. C'est pour çà que vous ne m'avez jamais fait de contrat.
- Je te garde ; mais comme un collègue. Et je ne vais pas te faire partager mes secrets d'alcôve.
- Vous partagez bien les miens.
- Ce ne sont pas des secrets.
- Bon écoutez, où est le piège ?
- Il n'y en a pas. Je n'ai aucun intérêt à garder une liste de salariés. Toi, tu fais partie des heureux, puisque nous continuons de travailler ensemble. Au quotidien, rien ne change. Je ne sais pas si tu te rends compte, mais tu as de la chance. Je ne vais pas tenir le même langage à tous ceux avec qui je vais devoir changer les choses.
- Pardonnez-moi, mais j'ai du mal à croire à ma chance.
- Il ne s'agit pas de chance. On a peu d'ancienneté ensemble, mais tes états de service sont bons. Tu passes bien et je n'ai pas eu le moindre souci avec toi. Alors, je te chaperonne. Si la transition fonctionne, je te présenterai même du monde. Si tu veux le savoir, il se peut qu'il fasse mauvais temps. Alors, il faut que j'allège. Et ton intérêt n'est pas forcément de rester sur le même bateau. Il n'y a aucune raison de croire que tu puisses avoir contracté des rancunes.
- Et vous ?
- Des jalousies peut-être. Je suis plus visible en tous cas.
  Nous restons un moment silencieux.
- Alors ?
- C'est ça ou rien, non ?
- On peut le dire comme ça. Je comprends ta méfiance, mais tu as tort.
- Une seconde nature chez moi que d'avoir tort. Alors ça marche.
- Tu verras. Je ne sais pas si tu me remercieras, mais tu ne regretteras pas.
- S'il y a des saloperies, vous me prévenez ?
- Si le parapluie est percé.
- Le parapluie ?
- C'est moi.

- S'il est percé, vous aurez encore la parole ?

Il n'a qu'un geste évasif pour toute réponse, puis il farfouille à nouveau dans un tiroir, ressortant une liasse épaisse, puis une carte, et me tend le tout.

- Ta mise de fonds. Tu prends vite contact avec le conseil juridique. Le plus tôt sera le mieux pour notre nouvelle organisation. Ah, j'ai oublié de te dire, pour ta société, j'apporte tous les fonds, mais je garde le tiers des parts ; et tu signeras une vente en blanc sur un autre tiers. Le troisième reste le tien.
- Il y a des copains ?
- Ne t'inquiète pas, il y aura une clause de cooptation. Allez, à demain… comme d'habitude.
- Puisque tout continue comme avant.
- Voilà.

J'hésite entre le besoin de réfléchir et l'envie de connaître le plus de choses possibles pour voir clair. Mais réfléchir à quoi ? Je n'ai une mission qu'en fin de journée. Angie a laissé un message. En fait, j'ai décidé de continuer à l'appeler Angie pour ne pas lui porter tort. Et puis, moins je me montre au courant, mieux cela me semble. Je peux la rejoindre au milieu de la nuit. Curiosité, ou manière de me précipiter en avant lorsque j'ai la trouille, j'opte pour passer directement chez l'avocat, sans rendez-vous. Je me ferai une petite idée.

- Maître Festani ?
- C'est pour quoi ?
- Personnel.
- Naturellement, mais encore ? Vous avez une recommandation peut-être ?
- Monsieur d'Astier.
- Ah !

L'examen se termine. Elle décroche, et semble parler à un chef. Bref échange, elle raccroche. Le sourire ostensible (je la préférais revêche - question d'harmonie), elle m'indique les fauteuils. La lecture ne manque pas ; des revues financières surtout, et un peu de droit. La pièce immense en dessert d'autres, chacun affairé, portes entrouvertes, à part du côté du saint des saints, porte ouvragée, un peu prétentieuse, déplacée surtout, sans rapport avec le reste ; et puis ce mélange de n'importe quoi, tables modernes, mobilier de bureau, quelques décors à l'ancienne, et ce mélange au mur de photos et de gravures.

- Monsieur Bert ? Monsieur Bert ?

Je mets un moment à réaliser. Comment connaît-elle mon nom ? Les réseaux fonctionnent en tous cas. D'Astier n'a pas perdu de temps. Et puis me vient une drôle d'idée : et s'il était un pantin, aux ordres comme tout le monde ? Ce n'est pas lui qui prévient, mais il exécute. En ce cas, je suis mal. Plus mal en tous cas que je ne pensais. Parmi tous ces pantins, où est le marionnettiste ?

- Oui.
- Maître FESTANI vous reçoit demain ; onze heures quinze, précises.
- Merci.

En un sens, je pourrais me dire que j'ai de la promotion. Je vais fréquenter du monde que je n'ai jamais vu ; et du beau monde apparemment. Je crains un peu de ne pas savoir ce que j'y fais, content de me sentir invité à une réunion de chasseurs, mais soucieux de ne pas porter dans le dos les plumes du faisan.

La nuit ne porte pas conseil quand on la passe avec Angie. Je ne suis pas épuisé, au matin, mais bien, comme un lac encore frais au petit matin. Je crois que je ne vais pas forcer en salle. A quoi sert de s'en faire ? Je ne me sens nullement invulnérable, bien au contraire. Elle m'apprend à ne pas avoir peur. Tout, pourvu que l'histoire se poursuive.

Qui vivra verra !

Encore ma mère. Je sais, je sais. Mais je vous ai prévenu.

La loi et l'ordre

Je ne crois pas que quiconque aime attendre : quarante minutes ; et encore, je ne me base que sur l'heure convenue. Arrivé un peu en avance, je dois poireauter depuis près d'une heure. Et encore la secrétaire m'a-t-elle fait valoir la faveur d'être reçu pour ainsi dire en priorité, flattant une importance que, dans le doute, elle m'attribue, habituée à courber l'échine ; apparemment avec passion si j'en crois ses intonations mielleuses.

Brouhaha ; arrive un bonhomme aussi large que haut, le cheveu rare alors qu'il semble encore jeune. Porte-t-on encore un âge au-delà d'un certain poids ? Un homme et une femme l'accompagnent, collaborateurs transformés en porteurs d'encombrants dossiers, et ce petit monde me passe devant sans le moindre égard, engoncé en lui-même, gorgé de l'importance des missions confiées. Au soulagement de voir enfin arriver celui que je crois être mon interlocuteur succède l'irritation de constater que rien ne semble pouvoir me concerner. Une tâche sur la tapisserie retiendrait plus d'attention. Comme je me sens en plein brouillard quant à ce qui se joue en ce moment, je mets un kleenex sur ma colère et fais semblant d'être courtois pour m'adresser à Madame je sais tout. Sur le ton de la confidence, elle m'initie à l'essentiel que constitue le « debriefing », et je dois comprendre que la phase de décantation ne saurait être interrompue alors qu'aucune durée n'en fixe de limite.

- A défaut de sandwich, vous auriez peut-être un café ?
- Oh oui ! Excusez-moi. En ce moment, avec tout ce qui nous arrive, hein ? Je vous en fais un tout de suite. Et puis vous avez raison, on approche du repas, et Maître Festani est d'une ponctualité irréprochable à ce sujet ; 13 heures, c'est 13 heures. Les repas d'affaires… n'est-ce pas ?

Supposant ne pas faire partie des convives, j'envisage de l'étrangler avant d'aller piquer ma crise et défoncer la porte. Mon envie de café m'incline à attendre qu'elle me l'apporte. Il doit y avoir à proximité une machine, puisqu'elle revient vite ; et il y a même le petit chocolat. Du coup, je décide de ne pas l'assassiner tout de suite. La porte s'ouvre, délivrant les sbires qui la laissent entrouverte. J'ai eu le temps de boire tranquillement. La fouine obséquieuse vient me chercher :

- Vous pouvez entrer.

Il est pratiquement la demie de midi. Je la vois faire le ménage alors que je m'avance. La pièce tient plus du salon que du bureau. Je ne serais pas surpris que les meubles comportent autant de bouteilles que de dossier. Mon interlocuteur tient d'une main un énorme cigare, que je crois être un havane, à l'odeur environnante, et de l'autre le combiné téléphonique. Je ne peux faire autrement que l'entendre, même si je m'emploie à faire mine de ne pas écouter.

- Non, ils ne peuvent pas.

- …

- Non, pas pour une perquisition.

- …

- Oui, fin de semaine. Je vous rappelle. Ou mieux ! Nous nous voyons demain.

- …

- Treize heures. A demain cher ami.

Et voilà qu'il disparaît derrière l'immense bureau, de style certes : lequel ? Quelle performance que de se pencher avec un tel embonpoint. Il fait sa gymnastique ? Il va remonter en sueur.

- Et voilà, s'exclame Gnafron lorsqu'il revient sur la scène.

Il pousse vers moi un dossier.

- Tout y est. Vous n'avez plus qu'à signer. Lisez, naturellement. Mais tout est parfait.

- Je pensais…

- Oui ?

Sur le champ, il trouve naturel de passer manifestement à autre chose.

- Non, rien, je vais prendre connaissance.

Ostensiblement, il regarde sa montre. Il remue quelques-uns des documents, et décroche son téléphone :

- Le dossier 27 ? Cartonné bleu…

Il raccroche à peine qu'une autre employé arrive sans bruit et dépose le trésor avant de repartir à la manière chinoise, à petits pas furtifs et empressés. J'ai du mal me concentrer, à comprendre ce que j'ai sous les yeux. Les premiers feuillets concernent la société dont je serai gérant, statuts, déclarations et autres documents officiels ; d'autres concernent la vente des parts, un bail à loyer… etc. Rien de bien passionnant. Je poserais bien quelques questions, mais …

- Je vous aurais bien demandé…
- Oui ?
- Du point de vue des risques ? Enfin, des responsabilités…
- Celles de tout gestionnaire, n'est-ce pas ? Vous verrez à la fin ; je vous ai pris une assurance très correcte. Sauf malversations évidemment !
- Evidemment !
- Et puis, vous restez dans le giron n'est-ce pas ? D'Astier connaît son affaire. Et il a de la bouteille. Autre chose ?

Je fais signe que je vais poursuivre ma lecture. Mes questions n'ont pas ici lieu d'être. Je ne peux m'appesantir ni comprendre réellement à quoi je m'expose. Et tout le monde s'en fout. Je ne suis quand même pas là pour me dérober. Et puis, je verrai bien. Je signe ; ce qui me demande un petit moment.

Lorsque j'en termine, il reprend le dossier.

- Je ferais passer à D'Astier vos exemplaires, avec les références de l'enregistrement. Vous prenez un comptable n'est-ce pas.

Ce n'est pas une question.

- Et puis ceci. C'est à vous. Bon, tout sera en place lundi.

Il me donne mon permis de port d'armes. Ce qui me surprend d'autant plus que je ne l'ai pas demandé. D'Astier m'en avait parlé, je m'en souviens. Mais, je n'en suis pas encore là. Hâte le pas, moussaillon, le cortège avance. Si tu sors du rang, tu vas te faire remarquer.

- Au revoir cher Monsieur BERT.

Je n'appartiens pas au club des chers amis, mais je suis dans les « cher Monsieur ». Il fait mine de se pencher par-dessus le bureau pour me tendre la main alors que son ventre l'en empêche. Je serre ses quatre boudins, ornés de deux bagues dont une empierrée.

Comme disait sa secrétaire, il est très ponctuel. Quelques minutes avant treize heures. Il sera à l'heure à la cantine. Je me sens un peu drôle. J'ai franchi quelque chose : un palier, un cap, ou une ligne rouge ? Une petite voix me réprimande suite à tant de méfiance et de crainte mêlées. Après tout, jamais je ne me suis trouvé en telle position. Me voilà chef d'entreprise, avec un gagne-pain assuré, si j'en crois tous ces gens affairés à mon bien alors que d'évidence ils s'en foutent. Je me sens comme un paratonnerre qui implore Franklin de le détacher, ou la chèvre qui demande grâce à Monsieur Seguin, prête à lui jurer qu'elle lui fera le meilleur lait, et d'abondance.

« *Tu trembles carcasse, mais tu tremblerais plus encore si tu savais où je te mène* ».

Non ! Ce n'est pas ma mère. Elle doit bien connaître le nom de Don Quichotte. Mais je ne sais pas si elle a lu quoi que ce soit… à part les horaires de bus. Et encore ! Elle se trompe toujours, pestant contre d'incessants changements d'horaire.

Je ne comprends rien à ce qui m'arrive, et je ne parviens à trouver à qui je pourrais demander de m'éclairer. Je ne connais ni le jeu ni les règles ; pas mêmes les partenaires. Je ne peux me défaire du sentiment d'être sur le plateau, et non parmi les joueurs. D'Astier met quelques formes, sans vraiment me permettre de comprendre. Pourtant, je le trouve assez clair, à sa manière. Depuis le début, il m'a prévenu. Il m'a cherché un rôle, et sans savoir au départ tout à fait lequel. Jusqu'où suis-je prêt à aller pour gagner du fric ? Je me sens aussi à l'aise qu'un funambule aveugle.

Je retrouve un peu de paix lorsque l'idée de voir Angie me traverse l'esprit. Jamais je n'ai pris, osé prendre, l'initiative. Je n'ai aucune idée de ce qu'elle peut faire à cette heure. Nos rencontres sont nocturnes et le matin y met un terme. Je ne peux trouver les mots pour dire ce qui me pousse vers elle. La seule idée de la voir a entrebâillé une porte qui ne cesse de s'ouvrir, irrésistiblement. Je vacille, avant de m'engouffrer. Et puis j'ai ce prétexte de l'heure du repas, comme si l'envie m'avait pris de l'inviter. Ai-je son numéro de téléphone ? Tous mes atermoiements n'y peuvent rien. Je suis parti. D'une crainte à une autre : maintenant, je n'ai plus que celle qu'elle me repousse.

D'un côté comme de l'autre, il ne me reste qu'à tout perdre. Ou prier.

Elle m'accueille sans manière, proposant de faire servir des salades devant la piscine. Nous ne sommes donc pas seuls. Sitôt proche d'elle, ma faim a comme disparu, pour une autre. Mon désir me gêne, alors qu'elle s'en amuse. Comment se mettre en maillot dans cet état ?

- Tu veux prendre une douche ?

Il est beaucoup moins l'heure de se mettre à table, lorsque nous revenons. Je suis affamé. La table de bois exotique ombragée d'un parasol immense présente une pléthore de crudités, et quelques charcuteries coupées à l'italienne.

- Mon père était de Parme. Tu veux du vin ? Un valpolicella que je tiens par un oncle.
- Et ma forme alors !

Elle sourit.

- A ce que j'ai pu voir, tu dois pouvoir supporter un écart. Et puis tu feras un peu plus de gym, voilà tout.

Je l'adore cette fille. J'ai peur de l'aimer même. Tout devient léger, simple avec elle. Nous parlons, sans qu'aucun de nous ne s'appesantisse. Tout compte mais rien n'importe, que la vie. Elle moque mes craintes, lorsque je lui fais part de mes affaires, amusée de me voir hésiter à l'approche d'un monde qu'elle connaît apparemment bien.

- Seul compte ce que tu fais, ou ce que tu ne fais pas.

Elle n'a pas tort. A moi de rester lucide quant à ce que je peux et ce que je veux faire. Elle m'incite à prendre confiance, n'avoir pas peur, comme si elle me murmurait d'aller de l'avant.

- C'est vrai pour toi aussi.
- Naturellement.
- Et toi, tu fais, ou tu ne fais pas ?

Songeuse, elle déplace un peu ses jambes vers le soleil.

- Tu n'auras qu'à me laisser ton numéro. Je ne peux pas toujours… Mais j'y songe.

Une chose pour une autre, qu'elle dit avec délicatesse. Elle me laisse croire à son désir. Il y a des moments, intimes, où je n'en doute pas un instant. Pourtant, même si tout se poursuit avec légèreté, elle ne se dérobe pas, jamais.

- J'ai beaucoup et longtemps fait pour ne pas faire. Et puis, viendra le temps de faire.
- Tu es toujours d'accord pour ton anniversaire ?

Moue affriolante, faussement boudeuse :

- Tu m'as promis.
- Pardon. J'ai cru à une politesse de ta part. Une délicatesse.
- Mes parents m'ont enseigné la politesse. Etais-je bonne élève ? Pour la délicatesse, tu verras tout à l'heure. Tu ne pars pas tout de suite ?

Je resterais, s'il ne tenait qu'à moi, postulant garde du corps, de son corps.

- Non. Je ne suis sur la brèche qu'en fin de journée.

Rien d'autre n'importe que se sentir vivant, présent, aimant. Encore et encore.

Alors que la chaleur commence de tomber, je me décide à aller nager un peu. J'aime l'impression de lourdeur qui suit cette fatigue lente et paradoxale, après l'impression de facilité, de fluidité que l'eau nous offre ; sentiment de délassement nourrissant pourtant une certaine fatigue. Comme Angie, me dis-je. Je crois saisir pourquoi les boxeurs doivent s'abstenir avant un combat. Je m'en fous : je n'aime pas la boxe.

Je commence à avoir des habitudes, de sorte que l'itinéraire que je prends équivaut à choisir mes rencontres possibles. Il m'arrive de passer dans le quartier où je sais trouver Daniel Labare, selon l'heure. Cela s'avère immanquablement assez riche de découverte d'un monde par ailleurs familier. Mais l'intempérance est parfois de rigueur, comme si la santé de chacun affichait son invulnérabilité. Je préfère pour l'heure le frais de quelques ruelles, puisque je travaille ce soir.

Quelquefois, je réalise avoir peur. Si je me mets à réfléchir, je me dis que je m'aventure vers ce que j'ignore, certain par là-même d'en faire les frais, tôt ou tard. Ou alors, je laisse faire. Je mets de l'ordre, et tout s'arrêtera sans doute bien vite, ou alors je découvre un autre ordre. Celui qui a peur de l'eau ne comprend pas qu'il flotte. Et puis, j'ai l'impression confuse d'une limite floue où chacun prospère. Un peu comme ces brumisateurs permettant aux supermarchés de présenter des légumes au mieux de leur forme. Que cesse la brume, et tout dépérit. Il n'y a plus de frontière, mais seulement des lisières.

Je fais la paix avec le monde, espérant qu'il m'en sera d'autant plus clément. L'indigène que je suis découvre des faces cachées d'un monde apparemment simple. Parfois même, je me sens chez moi, enfin, comme mieux averti.

Mes affaires avancent, alors que je découvre un D'Astier assez attentif, parcimonieux de son aide, mais ne manquant de sortir une adresse à point nommé. Et puis, il tient parole, m'adressant des contrats directement, de sorte que mon téléphone sonne, et que Minna ne semble plus s'offusquer que je la prénomme, m'écartant d'un cérémonieux un peu pédant. Mes affaires marchent, en somme. Chemin faisant, je découvre aussi les nuances qui font la différence, subtile, entre les diverses sortes d'accompagnement et de compagnie. Je me tiens prudemment dans l'intervalle entre une trop grande proximité des corps physiques, et une trop grande proximité des moyens de dissuasion.

Je découvre aussi quelques attentes qui ne s'avouent qu'à demi : des questions implicites appelant quelque réponse discrète. Plus étroite est la marge de manœuvre, plus grande s'en trouve la marge de négociation.

Approchant des arcanes, j'ai aussi pensé monter une agence de détective. Un monde de discrétion donne au savoir son prix, en espèces. Je ne sais encore trop jusqu'où je peux aller. Je tente de découvrir comment on transforme des connaissances en clientèle, apprenant à déceler les indices de solvabilité. Dès lors, toute demande est bonne à prendre ; quitte à disposer d'un carnet d'adresses où les renvoyer, contre commission, il va de soi. D'Astier m'initie. Je commence à comprendre ce que veut dire un carnet d'adresses. Cela va du restaurateur prêt à improviser en cinq heures un repas mirifique à livrer sur un yacht, à une liste de noms de personnes à l'esprit aussi large que ce qu'on leur demande. Les moindres festivités sollicitent à couvert un petit monde devant trouver un équilibre entre canaillerie et prestation. Je me tiens à l'écart de tout ce qui me paraît trop sensible, comme des prestations trop privées, de tous ordres.

Ainsi m'apparaît peu à peu l'importance de noter les choses, tant les différences ténues entrevues un moment peuvent s'avérer majeures en de prochaines circonstances. Le Who's who est plus qu'une simple liste ; nomenclature ordonnée où chacun trouve sa place dans ses univers. Je repense aux fiches de D'Astier. Parfois, je me demande ce qui le conduit à paraître se soucier d'une porte de sortie. S'il m'aide, il ne se comporte pas pour autant avec moi comme si j'étais un héritier, son héritier. Je lui sers, sans savoir à quoi.

La cité cependant va son lot d'actualités. Si l'on ne parle plus d'off-shore assassin, les journaux font leur choux gras d'une affaire de canot automobile allant découper des plongeurs à leur remontée. On parle aussi de cette villa à l'invraisemblable surface, dissimulant son importance aux regards, alors que maints camions, des mois durant, ont fait une noria transportant des tonnes de pierres extraites du sous-sol rocailleux de l'isthme édénique. Et puis, il y a l'homme à la mode, ce procureur venu d'ailleurs, paré des vertus et qualités du chevalier Bayard, venu pourfendre et terrasser ce monde de corruption dont certains disent que les puissants font leur ordinaire. Déjà, une affaire de construction sur le haut des collines semble vouloir indiquer à tous que le monde va changer, que la loi désormais s'impose, égale dit-on pour tous, de sorte que les envieux trouvent satisfaction à voir les mésaventures des privilégiés. Et puis aussi, d'abord sous le manteau puis de manière plus ouverte, on dit que cet homme, ce procureur, a été précisément choisi pour briser les liens de cette alliance occulte entre gens de pouvoir et grand-maçons. Ce qui permet de comprendre autrement l'éviction de son prédécesseur à qui on reprochait l'indéfinissable lenteur de procédures, certes complexes, mettant aux prises bien souvent le pouvoir d'ailleurs et les pouvoirs locaux. Désormais, affirment les articles, on ira jusqu'à exiger la destruction de ce qui est illicite, et pas seulement des amendes ou autres procédures qui, devenues administratives, échappaient alors à la connaissance. Effectivement, comme je m'en rendrai compte plus tard, cet homme fera parler de lui ou, plus exactement, de ceux qu'il poursuit avec assiduité. Sans doute ses déclarations peuvent-elles lui valoir bien des inimitiés, la faconde du matamore perçant souvent la bonhomie du légalisme. Son style irréprochable et son nom à particule permettaient à la presse locale de trouver une nouvelle étoile au firmament de ses actualités.

Et puis se poursuit ce que j'envisage, n'en déplaise à D'Astier, comme une histoire, bien réelle et conséquente. Je passe mon temps à tempérer non mes ardeurs, mais mes espérances. Angie est protégée, comme on dit. Je suis loin, bien loin de compte. Je n'oserais rien lui proposer parce que je n'ai rien à lui offrir d'autre que la certitude de vivre sur un moindre pied. Elle ne m'a rien dit, rien déclaré, mais ne s'oppose presque jamais à mes approches. A moins que cela ne contrevienne à ses engagements. D'Astier ne me parle plus d'elle comme d'une pute, même de luxe ; un peu comme s'il était au courant des choses.

Ne me manquent que des amis ; des vrais. Parfois, je me sens aussi seul que le marin devant une sirène, heureux de l'être, aveuglément. Le fait est que je ne compte plus les jours depuis lesquels je n'ai pris la moindre nouvelle des miens.

Sauf, il est vrai, cette étrange circonstance où j'ai retrouvé ma sœur. Alors qu'elle s'adressait à moi comme un convive, je lui ai vite expliqué que je bossais. Etonnée cependant de me voir fréquenter un monde qu'elle-même n'aborde qu'avec prudence, elle m'a invité un midi. Curieux d'ailleurs qu'elle ne me propose de passer chez elle, avec mari et enfants à la clef. Moment agréable où je l'ai découverte intelligente. La connerie n'est donc pas atavique : Bonne nouvelle pour moi. Avocate spécialisée en droit immobilier, elle m'a décillé quant à l'environnement de ces métiers. Ses clients sont des sociétés ou des groupes, de sorte qu'elle jouit d'indépendance ; ce qui la rend attractive, et en particulier aux yeux de promoteurs et autres architectes. Sans que j'aie à poser la moindre question, elle a évoqué ce drôle de personnage : architecte qui ne saurait être affairiste puisque qu'il est au carrefour des mondes où se donne ou se refuse tout aval. Il est à lui seul devenu une institution, arbitrant entre techniques et contraintes, mais se faisant certainement l'interprète de volontés dont il ne précisait jamais la nature réelle. Désormais entouré d'une confrérie qui fait de son cabinet d'expertise une forteresse inexpugnable, il est certainement dans le secret des dieux, et même celui de leurs alcôves. Je suis surpris d'entendre ma sœur parler d'alcôves, elle que je n'ai jamais vue que comme une bonne élève docile, vouée aux parterres fleuris plus qu'aux plantes grasses défendues par leurs épines.

Elle est sur une digue. Je me demande si le ponton où je m'installe est à portée de l'eau, les marées méditerranéennes étant d'une autre nature que les forces océaniques. On les sait modestes, estimant de ce fait qu'une telle mer, quasi fermée, ne présente aucun danger réel. Hormis les caprices de phénomènes aussi violents que soudains. Un tempérament, en quelque sorte. Et puis, après tout, l'humanité naquit autour de la Méditerranée ; autant dire que l'endroit est tourmenté.

Le mal de tête

Je ne sais si vous avez la moindre idée de ce qu'est un mal de tête. Chacun y va de son expérience, incomprise évidemment. Intolérable, insupportable, à pleurer, à se jeter la tête contre les murs, … etc. Douleur sourde que minimisent les victimes d'élancements aigus où les yeux mêmes durcissent d'un mal résonnant dans la boite crânienne comme un tam-tam sans autre message que : ça suffit !

M'en distrait, peu à vrai dire, une autre douleur, au poignet, que je ne peux m'empêcher de tourner, comme si je pouvais ainsi en atténuer la violence. Je tire, tourne, sans succès, l'autre bras anesthésié par l'inconfort d'une lourdeur envahissant mon corps entier que je ne parviens à bouger, dont je me demande s'il est encore mien. Mon esprit, si j'ose dire, a divorcé d'avec lui je ne sais depuis quand, puisque je ne parviens à produire le moindre mouvement utile. Il m'arrive, aux matins fiévreux, de sombrer dans la torpeur de l'anéantissent succédant au sommeil trop tôt interrompu. Je me plais alors à apprivoiser un monde que je commande d'images préférables à celles du monde auquel, d'évidence, je ne parviens à revenir. Peu à peu, les élancements m'imposent la différence, alors que je discerne vaguement une douleur plus précise, mieux définie.

- Il revient à lui, commente une voix idiote.

Je n'ai pas coutume de m'éveiller en compagnie, hors évidemment une compagnie choisie. Et je ne me vois pas avoir élu un stentor à la voix rocailleuse et faussement amène. Ouvrir les yeux m'est aussi difficile qu'au cocu de reconnaître la réalité devant les photos de son malheur étalées complaisamment pour dissiper ses doutes, et ce sans le moindre égard pour l'effondrement de ses certitudes. La moquette épaisse sent bon les encaustiques modernes aux accents floraux, quoiqu'ils soient aussi épouvantablement chimiques. Le bonheur est dans l'apprêt. Putain, si les mauvais jeux de mots reviennent, c'est que je ne suis pas mort.

Je vois la gueule de Laurel. Comment c'est déjà, son nom ?

- Salut Bert, bienvenue au club.

Conard ! Que fout-il là. Et moi d'ailleurs. Où suis-je ?

- J'ai mal, ducon.

Il me fout une torniole à me décrocher la mâchoire.

- Soyez gentils avec les animaux, et voilà comment ils vous remercient.

Je reconnais la voix de Garcia, qu'à vrai dire je crois un peu moins con :

- Laisse le revenir un peu.
- T'as vu comment il me parle ?
- Ben au moins, il n'est pas mort.
- Je te le laisse ton copain.

Je devine le visage de Garcia, à peu près, derrière mes larmes. Je n'arrive qu'à peine à ouvrir les yeux, le corps dont je sens faire partie étant encore celui d'un autre.

- Ça va ?
- Comme une enclume.
- Si je te détache, tu fais pas le con ?
- Pardon ?

Je tire le poignet douloureux, comprenant l'entrave qui me prive de toute liberté de mouvement que je n'ai aucun moyen d'avoir.

- Vous m'avez foutu les menottes ?
- T'affole pas. Juste une précaution. Une habitude, si tu veux.
- T'as vraiment des habitudes à la con.
- Me fais pas chier. C'est pas moi qui suis dans la merde.

Je ne comprends rien ; rien d'autre en tous cas que l'impression d'être totalement à côté de la plaque. Et pourtant, je ne rêve pas. Rêver de Garcia ! Ou de son pote !

- Aide-moi.

J'entends un cliquetis. Il me prend en poids et en volume, m'adossant au mur, de sorte que je suis presque assis. Pas bon pour les reins, tout ça ! Avec la gym et les coaches, on finit par faire attention à des conneries.

- Tu sais où je suis ?
- Moi oui. Et toi ?
- Attends un peu.

Je m'habitue à la lumière, heureusement tamisée, et je commence à distinguer vraiment. Je vois passer des flics en uniforme, et c'est ce qui me fait hésiter. Pourtant, ce bout de moquette, cette table en face, la table basse et le téléphone, le mur de pierres sèches, l'entrée que je devine…

- Je suis chez Angie.
- Mademoiselle Morell, c'est ça. Et qu'est-ce que tu y fous ?
- Ben, je t'emmerde !
- Fais pas le con. C'est toi qui es dans la merde.
- Qu'est-ce que tu racontes ?
- Qu'est-ce que tu y fous ?
- C'est une amie. Je viens la voir souvent… passer un moment ensemble.
- Tu la baises ?
- Merde alors !
- Tu la baises ?
- On va dire oui.
- Tu la maques ?
- Tu déconnes ?
- Tu la maques ?
- Non, bien sûr.
- Bon. On verra après.
- Qu'est-ce qui se passe ?

  Il se tourne, dégageant un peu la vue, côté baie vitrée, à quelques mètres.
- Quel cul !

Je crois connaître son corps par cœur, jusqu'à ses pieds, ses talons, ses jambes. Ce que je vois. J'ai du mal à y croire. L'absurde présence de Garcia me fait croire cependant qu'il y a bien quelque chose.

- Elle est morte. Des voisins ont appelé. Des coups de feu. Elle à poil et toi à moitié. Vous jouiez à « si je t'attrape » ou quoi ?
- Qu'est-ce que je fous là ?
- C'est ce que je te demande.

- Elle est morte ?
- Je te l'ai dit.

  Le vide, le sentiment de vide m'envahit. Absurde, un vide envahissant. J'ai froid.
- Comment ?
- Tu ne sais pas ?
- Merde alors. Je ne sais même pas ce que je fous là.
- Bon, je t'explique. Pour toi, en un sens, ça ne se présente pas trop mal. Elle a été butée, par balle. Toi, tu es là, moitié à poil, assommé, mais pas de flingue en vue. Alors, j'ai tendance à penser qu'il y a un troisième. Et c'est ça qui te sauve. Enfin ! ça peut te sauver. Faut voir.
- Mais bordel, pourquoi je l'aurais tuée ; je l'aime, cette fille.
- Tu vois, tu me colles un mobile.
- Et merde !
- T'en fais pas. Tant qu'on n'a pas retrouvé l'arme… Dis-moi, tu n'en as pas, par hasard ?
- Non.
- Sûr ?
- Je te le dis.
- On va faire une virée chez toi, ou il te faut une perquise ?
- La différence ?
- On t'arrête, ou pas tout de suite.
- Fais ce que tu veux.
- Merci. Ben voilà, on va pouvoir travailler.
- Et elle ?
- Les pompiers arrivent. Mais c'est pour la forme.
- Et elle, je te dis ? J'y tiens à cette gosse.
- Un peu tard.
- Conard.
- Dis, fais un peu attention. J'ai tendance à ne pas croire que tu y soies pour quelque chose. Mais ne m'emmerde pas.
- Excuse-moi.
- De rien.

Adossé au mur, je la distingue nettement maintenant, couchée sur le ventre, nue, cheveux comme je les connais et les aime, libres… un dernier mouvement. Je pleure. J'ai toujours mal à la tête, aux yeux, au poignet, mais je m'en fous. Merde Angie, qu'est-ce que tu as fait ? Je suis bien trop con pour avoir fait quelque chose, moi.

A chaque fois que l'univers s'effondre, je plonge ; de plus en plus loin. Mourir est une idée de riche, de nanti. Moi, je disparais, je me désagrège, je me disperse dans le néant de l'absurdité de la vie. Je rejoins l'ombre dont j'ai cru me distinguer. Ne reste de moi que la vague impression d'un regard, d'une pensée, enfin libres, décorporés.

Mon mobile tente de me reconnecter. Il faut que… Impossible. J'appelle D'Astier. Je le rencarde. Il me demande ce qui se passe. Je le lui dis, pour ce que j'y comprends. Il m'apaise de sa voix rassurante. Au fond, c'est l'impression de tristesse dans sa voix qui me rassure. Il n'est pas que fiction. Il a peut-être même de la peine. Il prend le relai, en tous cas. Question boulot, il assure pour moi. Je peux me laisser aller à ma déconfiture. Les pompiers sont là, inutiles. Mais ils vérifient je ne sais quoi, si le gaz est fermé.

Une impression étrange ressort de cet imbroglio. Garcia me protège, même s'il n'en a rien à foutre. Son pote Olmeto a une vision plus simple, bien plus simple : Pour lui, j'ai buté ma pute. Efficace, comme raisonnement, puisque tout est bouclé sur place. Sitôt constatée, l'affaire est résolue. Pastis ! Et on sera à l'heure pour bouffer.

Comme leur travail le leur impose, ils fouinent. Et je n'en sors pas indemne. Garcia, ennuyé me parle de mon permis de port d'arme ; mais, surtout, de la facture d'achat d'un flingue que je n'ai jamais eu, jamais vu, et qu'il dit compatible avec celui qui a servi à tuer Angie. Je n'ai jamais eu de flingue à moi ; je n'ai pas même terminé ma période d'instruction au tir ! Tout le monde s'en fout, ou presque. Je peux parler, mais j'ai le bon profil, et ce que je raconte n'intéresse personne. Sauf Garcia, plus minutieux. S'il n'y a pas de flingue à proximité, c'est que ce n'est pas moi. Plus probant que le coup que j'ai pris sur la tête. Les délais, entre l'appel des voisins et l'arrivée de la police ne permettent pas de tergiverser à ce sujet ; difficile d'avoir eu le temps de planquer une arme et de m'assommer tout seul.

Et puis, mais Garcia ne m'en parle qu'un peu plus tard, il y a une question de style. Selon lui, c'est bien fait, c'est propre ; une exécution. Pas de bavure, ni de dépense inutile. Un coup, qui aurait suffi, mais doublé par précaution. Même si les voisins ont parlé de plusieurs coups de feu ; à moins que le tueur n'ait tenté un feu d'artifice. Du beau boulot. Comme il n'est pas contre mon innocence, le fait d'avoir trouvé chez moi une facture d'achat d'un flingue, laquelle facture ne comporte pas la moindre empreinte, le conforte dans son idée que j'ai la tête du coupable que je ne suis pas. Pour lui, la mise en scène est évidente. Et puis, sur un plan moral, ça l'ennuierait d'avoir un pote truand. Alors, question de principe, il opte pour mon innocence. Laurel, de son côté, continue de faire simple, sans militantisme ni paresse, mais parce que la vérité doit toujours à ses yeux rejoindre l'évidence.

Le fait est que je suis soigneusement entendu, à maintes reprises, sans être arrêté ni vraiment inquiété, au fond. Du moins l'ai-je compris avec ce que Garcia voulait bien me dire ; brave type. Peut-être aussi que la génération issue des pieds-noirs a compris qu'il n'y avait pas de frontière clairement repérable entre les bons et les méchants ; à la différence de leurs parents. Les gens spoliés se sentent toujours du côté du bon, puisque le méchant, c'est l'autre.

Dès lors que je m'en suis senti capable, si l'on peut dire, j'ai repris mon job. Minna a été plus aidante que ce dont je l'aurais crue capable. Assurer le job n'est pas négligeable. Une manière comme une autre de continuer de vivre, le temps d'émerger à nouveau. M'occuper l'esprit n'est pas une solution ; mais une nécessité.

Ils ont gardé les journaux, à SilCom, et j'ai passé un bon moment à tout relire, plusieurs fois, comme si le mystère pouvait se lever, comme si toutes les données se trouvaient dans ces quelques pages abondant de divagations journalistiques. Je n'ai pas une photo d'elle ; une photo à moi, ou à elle, je veux dire. Qui sont les salauds qui m'ont volé l'avenir ? Nous étions à une semaine de son anniversaire. Vrai aussi que rien n'était assuré ; mais elle ne m'a rien refusé, ni repoussé, jamais. Alors, j'espérais.

Faits divers. Voilà ce qu'on dit. Les jours passent. Les articles, où l'on ne parle rapidement plus de milieu glauque, ont laissé place à des entrefilets, quittant la une pour les faits divers, Pour tout le monde, ou presque, les choses redeviennent normales. J'ai du mal à y croire, comme à cette invraisemblable version du hasard, ou d'un inéluctable qui viendrait retomber sur les gens de mauvaise vie, et de ce seul fait. Ou alors, Dieu a bien changé.

Un beau jour, qui n'avait d'ailleurs absolument rien de plus beau que les autres, j'étais avec mon pote Galien, l'agent immobilier, traînant un peu à ce moment matinal du petit déjeuner, parlant de choses et d'autres, les articles du quotidien alimentant un peu notre inspiration du moment. Déjà, on avait entendu la nouvelle, déclinée en boucle aux radios (et pas seulement locales) depuis la veille. Un peu après minuit, un père et son fils se sont fait proprement assassiner par des tueurs à moto. D'après des témoins, la voiture de ce restaurateur honorablement connu de la vieille ville, regagnant ses pénates après le service, attendait prudemment au feu rouge lorsqu'un motard avec un passager l'a rejointe, s'arrêtant auprès d'elle, le temps de tirer quelques coups de feu avant de repartir. Le père et le fils sont morts sur le coup. Naturellement, on se perd en conjectures sur les raisons… Enfin, l'enquête apportera en son temps ses lumières.

Le sentiment d'insécurité consiste à se dire qu'il n'y avait là aucune raison particulière. Alors, de ce fait, on peut soi-même être menacé, comme quiconque, à la merci du premier, ou plutôt du dernier venu. A l'inverse, on peut aussi penser que le choix des victimes ne s'est pas fait sans arrière-pensée. Et alors en ce cas, il suffit de rester à sa place pour ne pas se sentir menacé. Toutes ces histoires concernent un autre monde.

Deux jours plus tard, Garcia m'appelle, brièvement. Nous convenons de nous retrouver au stand de tir, occasion pour moi comme une autre de renouer. Il est seul, lorsque je le rejoins. Il m'attend à la buvette.

- Tu es quasiment hors de cause.
- Comment ?
- Tu n'as plus, ou presque, de souci à te faire. Le flingue qui a servi pour Mademoiselle Morell a été retrouvé dans la boite à

gants du restaurateur et son fils. Chose curieuse, ou claire, c'est un même calibre qui a été utilisé contre eux. Un peu comme un feuilleton : suivez le guide, et ne manquez pas un épisode. Et puis la manière, efficace. Quatre coups de feu.

Je ne peux m'empêcher de faire la remarque :

- Quatre. Pas deux. Deux chacun ?
- Les vitres devaient être montées. Difficile d'être sûr de son coup. Alors, on double. Et puis le fils était de l'autre côté. Enfin, qu'importe. On sent bien qu'il y a une filière là-dessous. Tu t'en trouves d'autant mis de côté.
- Bonne nouvelle.
- Oui. Mais fais gaffe. Et puis, je ne voudrais pas apprendre que tu m'as baisé.
- T'es pas mon genre.
- Çà tombe bien, toi non plus.

Il y a une certaine chaleur dans nos salutations. Garcia ne doit pas aimer les embrouilles. Toujours cette histoire de ligne de partage entre bons et méchants. Si tu as des méchants de ton côté, c'est plus délicat. Il m'a en tous cas assez parlé pour que je comprenne qu'ils se foutent de qui a tué Angie. Leur question concerne plus cette filière qui réagit, la difficulté consistant à savoir pourquoi. Après, quant à savoir le détail de qui a fait ou non tel ou tel contrat, c'est pour eux un peu accessoire. Là se trouve la différence avec moi. Je ne parviens toujours pas à accepter qu'elle ne soit plus là. Je suis allé à son enterrement. Peu de monde, D'Astier, et même Minna. Je me demandais si je verrais le protecteur, l'architecte. Rien. Personne, ou presque. Pas de famille. Pourtant, tout est organisé. Un marbre blanc, classe, discret… comme elle. Jamais il ne m'est arrivé auparavant de revenir dans un cimetière. Jour après jour, je découvre que l'on peut s'y sentir presque bien, à sa place. Il m'arrive même d'y passer un temps que je ne vois pas s'écouler. Le nom sur la tombe ? Le sien, bien sûr : Giulia ESPALA. Je ne sais si elle a fait la paix avec son père ; on a décidé pour elle.

Et puis il y a eu ce contrat dont je n'ai pas voulu. Il fallait jouer les déménageurs un vendredi, et à toute hâte. Soi-disant, un bureau de la Mairie, concernant le service des permis de construire, qui devait déménager le temps du week-end afin que le lundi tout soit en place et se déroule normalement. Il paraît que les gens qui y travaillent n'ont rien voulu savoir, question heures supplémentaires, pour déménager. J'avoue avoir trouvé vulgaire cette demande invraisemblable. Pourquoi pas s'adresser aux « Déménageurs Bretons » ou autres, qui ont leur office sur la place ? Et puis les montants un peu élevés pour un simple déménagement. L'urgence se paie, certes, mais rarement avec les mairies ou les services publics ; et puis ils paient mal. Quoi qu'il en soit, j'ai décliné.

Le mardi matin s'étale à la une la nouvelle : perquisition au service des permis, dans le cadre d'une procédure concernant les permis concernés par des sombres histoires immobilières de dépassement des surfaces et autres autorisations étranges dont il s'agit de retrouver une trace formelle. Il m'a suffi de quelques coups de fil pour faire le lien. Les services du procureur ont fait chou-blanc puisque les dossiers avaient déménagé. Ce qui montre au moins que certains ont le sens de l'anticipation.

Quelques coups de fil encore, et j'acquiers la conviction qu'il ne s'agit pas seulement des instructions en cours contre des propriétaires mis en cause comme ce grand industriel, Pellegrain. La recherche des dossiers vise à mettre à jour d'autres responsabilités. La Mairie délivre les permis, et veille au bon déroulement des choses, en principe. J'ai entendu dire depuis quelques temps que Lermi, indéracinable maire, tour à tour sénateur ou député sans avoir jamais pu décrocher de maroquin, ne se représenterait plus. Rares sont les politiques sachant prendre leur retraite. Curieux tout ça !

Je me dis avoir eu le nez creux en restant à distance ; ce qui me rassure, comme si, sans m'en rendre réellement compte, j'avais appris quelque chose. Cette affaire sent mauvais. N'est-ce qu'un coup pour rien. J'aimerais bien en savoir davantage. Mais par qui ? Et puis, tout ce merdier, qu'est-ce que c'est ? D'Astier ne bougera pas plus vite que la musique. Qui alors ? Ma sœur ?

Je ne risque rien d'essayer. Après tout, la construction relève de sa spécialité.

Ce coup-ci, c'est moi qui l'invite, ma petite sœur Eléonore. Je pense à lui demander quelque nouvelle de sa famille. Elle me répond même à propos des parents, à propos de qui je n'ai rien demandé. Le coup de pied de l'âne, comme on dit. Sa mémoire lui suffit pour connaître mes dispositions envers les vieux. J'ai autre chose à faire que me formaliser. Elle a le droit de les trouver normaux, ou aimables. Me sachant aussi diplomate que peut flotter un fer à repasser, j'opte pour un échange assez direct. Elle ne se trahit par aucune réaction, pondérée d'un bout à l'autre, mais claire. Le monde des avocats appartient, quoi que l'on en pense, à celui de la justice. Tout là-dedans n'est pas transparent, mais les mystères n'y font pas long feu. En Italie, on a parlé en son temps de l'opération « mani puliti », mains propres. En fait, le nouveau procureur a sans doute été nommé pour renouveler les équipes, et surtout mettre un terme définitif à des pratiques locales ; pas seulement comme autant de népotismes, mais comme un réseau organisé d'ententes occultes. Il a annoncé les choses clairement dès son arrivée, de sorte que les intéressés se le tiennent pour dit. Plusieurs n'y ont pas cru. L'image de la vertu débarquant au milieu d'un lupanar a quelque chose de risible. Et pourtant ! Les mises en examen se succèdent depuis, lentement, tranquillement, inexorablement. Les confréries occultes sont visées, non pas comme telles, mais comme courroie de transmission. Le paysage politique de la côte risque de se modifier. En revanche, elle dit ne pas savoir si le temps des conversions est passé, et si l'on est déjà dans une phase expiatoire. Cela étant, les intéressés, et les intérêts, font plus et mieux que se défendre. Ainsi, le procureur a-t-il été soudainement rappelé à Paris, le temps de s'affranchir d'une histoire sentant le souffre ; assez mal montée, heureusement pour lui.

Et moi qui la prenais pour une conne ! En tous cas, elle n'est plus vierge. Elle sait venu le temps de changements dont j'ignore si elle en connaît l'ampleur. De mon point de vue, elle sourit trop peu, et ce n'est pas récent. Son attitude réservée laisse accroire qu'elle pourrait aussi bien en savoir davantage. Déformation professionnelle.

Quel sac de nœuds ! Qu'est-ce que je fous là-dedans ? Et Angie ?

La conversion

Sans m'éconduire, Garcia me tient à distance, s'étonnant un peu que je reste curieux de cette affaire dont, d'après lui, je devrais me satisfaire de me trouver blanchi. Il n'a pas tort. Il me renvoie dans ma case, négligeant même les allures familières de nos anciennes conversations. Il marche sur des œufs. Je ne cesse de me demander qui voir, qui peut me dire quelque chose. Cette affaire me colle aux basques. On m'a cassé la baraque. La haine me crève la tripe, et mes nuits agitées n'arrangent rien. Depuis quelques jours, je fais l'effort de ne pas me négliger, et j'ai retrouvé le chemin de la salle de gym. Andréa m'emmerde, et me calme à la fois ; elle n'avait jamais approché d'aussi près quelqu'un mêlé à une histoire qui passe dans les journaux. Alors, sa conversation tourne autour des affaires du coin, réelles ou supposées, comme si cela ne pouvait que m'intéresser. Au fond, elle n'a pas tort. Je rumine. Alors autant bouffer du foin.

Et puis je m'attarde sur cette expression : le milieu ! C'est un peu comme si on se connaissait au sein d'une même corporation. Je ne sais que penser. Je ne risque rien à tenter. Alors, je crois que je pourrais passer voir Daniel.

Sa moto, du moins je crois, est devant la boite. Je sais qu'il y est souvent en fin de matinée, le moment où il se lève. Les questions d'intendance se règlent le jour, même pour lui.

- Salut Daniel !
- Oh ! Comment tu vas ?
- Bien. A peu près. J'ai vu ta moto, en passant.
- Ouais. Me l'ont ramenée.
- Comment ?
- Tu savais pas ? On me l'a chourée avant-hier. Là-devant, comme je la laisse d'habitude.
- Avec le casque et les clefs ?
- Ben, je suis là. Et si on peut plus faire confiance !
- Et alors ?
- J'ai pensé que c'était des jeunes. Alors j'ai demandé.
- Et ils te l'ont ramenée ?

- Ouais. Ils l'ont pas abimée.
- Tu pouvais aussi faire une déclaration à l'assurance !
- Pourquoi ? Pas plus simple comme ça ! Tu prends un pastis ?
- Si tu veux. Je t'invite à bouffer ensuite.
- Je peux pas. Et puis, j'en suis au petit déjeuner.
- Et au pastis ?
- Pour t'accompagner. Tu as pas une sale gueule ?
- Tu sais pas ?
- Quoi ?
- Ma copine a été tuée.
- Ah ?
- Je sais pas si tu connaissais, Angie, Angie Morell.
- La petite Espala ?
- C'est ça.
- Non. Pas vraiment. C'est con !
- Triste… J'y tenais. Tu sais… je me demande si tu peux m'aider.
- A quoi ?
- Je sais pas, moi ? A savoir, à comprendre.
- Tu sais, y a rien à comprendre. Des garçons sont passés, quelque chose a foiré, et voilà.
- Non, ce n'est pas ça !
- Ecoute-moi. Tu sais, c'est comme partout. Chacun a ses affaires, et sa place. Tant que chacun reste à sa place, tout va bien. Et d'autres fois, comment te dire, il y a des turbulences.
- Je ne te demande pas de te mêler de quoi que ce soit. Je voudrais juste… je ne sais pas, quelque chose quoi ? Trouver les salauds… et savoir pourquoi ? Et ce truc du restaurateur et son fils qui se sont fait descendre ! Tu peux peut-être, je sais pas moi, m'envoyer à quelqu'un…
- Pourquoi faire ? Ecoute-moi, tu m'as dit que tu avais monté ton affaire, que tu te sors de la merde. Alors continue. Bon, tu peux demander un coup de main, à des garçons, ou encore chercher quelqu'un qui ait des intérêts. Il y a des tas de gens

prêts à te faire marron tout en te faisant croire qu'ils s'occupent. Et puis, il y a des gens sérieux.

- Je paierai, je m'en fous.
- C'est pas ça ! Sûr qu'ils travaillent pas pour rien. Imagine un peu : Bon, tu te mets en affaire, on arrange le coup, et tu finis content. Tu penses que tout va bien. Et un beau jour, dans un an, dans dix ans, tu vois arriver des types qui te disent : « On vous a rendu service. Alors, maintenant, on a un service à vous demander. »
- …
- Alors, selon moi, reste à ta place. Allez, santé ! dit-il en levant son verre.

Agité par le désir de vengeance, la rage impuissante, le dépit… j'ai bien du mal. Il me reste à aller voir une agence de détectives ; au risque de me faire balader. Pourtant… Et d'Astier ? Pas possible qu'il n'y voie rien, là-dedans. Et l'architecte ? Si j'allais le voir de la part d'Angie ?

Je dois me démerder, quitte à devenir mon propre détective. Ou alors, il faudrait que je trouve un type capable d'enquêter pour moi. Si je suis aux commandes, j'ai peut-être plus de chance de m'y retrouver. Et Roger ? Il y est lui, jusqu'au cou ; dans la politique et le milieu. Il reste plus secret aussi, mieux élevé ; à la différence de Daniel, resté nature, qui vient de se montrer un brave type, simple et direct.

Je continue de rencontrer d'Astier à l'occasion, que ce soit à la suite des propositions qu'il me destine, ou lorsque je lui rends compte de ce qui a pu se passer. Nos échanges plus fluides conservent ce ton empreint de distance, alors que nous partageons plus de choses puisque nous sommes en affaire. J'ai fait au plus simple, avec son accord, et Minna gère la paperasse. Peu de problèmes de paiement puisqu'il y a des manières à respecter, sauf à courir le risque d'être persona non grata dans ce petit milieu où tout se tient. La plupart du temps, il décide des montants à facturer : heureusement ! Je n'oserais pas. Lui connaît le contexte et apprécie mieux la valeur des services rendus. En contrepartie, qualité, rigueur, discrétion ; discrétion surtout. Je ne peux moi-même m'en affranchir, même envers lui.

- Tu remontes ?
- Un peu. Mal.
- Bosses. Le reste suivra.
- Vous croyez que je peux rencontrer le parrain d'Angie ?
- … pour quoi faire ?
- Je sais pas.
- Ecoute, laisse les choses aller leur cours. Ne te prends pas pour plus que tu n'es.
- …
- En un sens, je trouve normal qu'il te connaisse. Nous avons des intérêts communs. Mais, si tu veux bien, j'attendrai son heure… ou je déciderai moi-même.
- Et puis, il y a autre chose. Je me suis demandé si ce ne serait pas une bonne idée que d'embaucher un enquêteur.
- Pourquoi ?
- Pour comprendre un peu ce qui se passe, autour de nous. Vous vous souvenez, par exemple, cette histoire de déménagement de la mairie, du service des permis de construire ? J'ai eu le nez creux.
- C'était bien payé !
- Un truc foireux.
- Ecoute, je te sers de filtre. C'était sans risque pour toi.

- Vous êtes sûr ?
- Oui ! Chou blanc ! Ils ont fait chou blanc ! Circulez, y a rien à voir.
- Ils visaient le maire ?
  …
- Ecoute, va doucement. Tu apprends tranquillement, et tu progresses doucement. Chi va piano va sano.
- E lontano.
- Pas toujours. Alors, il faut avoir une gestion rigoureuse, au jour le jour.
- On dirait qu'il y a des choses qui bougent, non ?
- Raison de plus pour pas chahuter. Il faut garder son calme pour mener le bateau dans la tempête. … A propos, je crois que le maire va passer la main. Je sais pas pourquoi je te dis çà ! Tu t'en fous, non ?
- Oui. Trop vieux ?
- Fatigué. Et puis, comment dire, il faut vivre avec son temps. Question de méthodes.

Il n'y a pas de mal à devenir paranoïaque. Tout ce qui se passe nous concerne, et les affaires entre elles semblent liées. Complot ou non, il y aurait un ordre entre les choses, et les péripéties en dévoilent quelques arcanes. J'ai opté pour faire comme les renseignements généraux : lire le journal, écouter ce qu'on raconte, demander sans en avoir l'air. Et puis, je note tout dans des fiches que, rapidement, je ne sais plus comment classer. Un chantier naval change de mains, un shipchandler ferme, et une vilaine histoire concerne un gros chantier de construction de bateau qui venait de livrer une grosse et luxueuse unité. Un caïd marseillais tombe au terme d'une longue traque : le bateau est saisi. Une autre histoire éclate dans le Var. Le « Président » hurle et met en cause tout le monde. On parle d'inculpation. Une histoire de casino continue de faire l'actualité et le maire de la commune concernée intervient, au grand dam des employés qui en appellent à l'Etat. Une affaire de travail clandestin à grande échelle éclate sur une commune balnéaire réputée, réservée aux privilégiés. On reparle de l'histoire de l'off-shore tueur. La gendarmerie enquête toujours. Rien de neuf, mais il paraît que…

Et puis la loi littoral. Ici, on abat des murs, et passe le chemin des promeneurs du dimanche là-même où naguère un happy few distrayait son aisance. Là, un obstacle paraît infranchissable. Des jugements évoluent dans le sens d'une application plus stricte … donnant aux bulldozers de rares occasions de casser du neuf. La revanche des envieux.

Entretemps, les sociétés étrangères gèrent l'immobilier portant jadis le nom d'anciennes fortunes, devenues indéfiniment déficitaires à louer le plus grand luxe à une clientèle choisie pour qui les déficits constituent des défiscalisations. Jusqu'aux comptables et gérants qui entendent si mal le français que ne travaillent pour eux que des polyglottes. Tu te sens exproprié alors que, hier encore, tu te sentais chez toi.

Je regarde au port le yacht de Lermi, le maire du coin que l'on dit en mauvaise santé, parfaitement tenu, même s'il commence à dater. A en croire la presse, il est en tous cas bien équipé. Un chantier naval a bien du mal à justifier du paiement de ce qu'il y installa. Entre fisc et justice, les enquêteurs ne manquent pas. Discret et efficace, Festani communique pour ceux qu'il représente, sa photo ornant les feuilles choisies. Ainsi donc, les gens sont méchants, et les délateurs ne sont que frustrés. Heureusement, il y a une justice. Mais où ?

Au long des mois, mon travail, mes fiches je veux dire, s'organisent. Je me raconte des histoires délirantes sur les liens cachés, les ententes illicites, qui présentent au moins l'intérêt de me rendre moins obscures certaines histoires, et moins aléatoire leur succession. Les rancœurs des uns ou des autres me parlent davantage lorsqu'ils dénoncent l'opacité d'appels d'offres, le dédale à suivre pour faire aboutir une demande… et autres avantages de nouveaux accédants peinant à installer leur chaise là où dansent les anciens. Ne dit-on pas que la santé de la forêt et sa qualité commandent l'abattage des plus grands et plus beaux spécimens afin de laisser la place à d'autres qui eussent pâti de leur ombre ? On dit aussi que l'on n'entend pas la forêt qui pousse alors que l'on entend l'arbre qui tombe. Autant dire que si tu ne fermes pas ta gueule, c'est que tu es un vrai con qui ne voit pas plus loin que le bout de son nez.

De là à risquer de croire qu'il n'y a plus de justice !

L'obstination n'en est pas la moindre qualité. Le coupable enfin a avoué : Un employé de cette famille royale a reconnu être aux commandes de l'off-shore meurtrier, invoquant l'impossibilité de voir lorsque l'étrave se dresse à l'assaut des vagues sous la poussée de milliers de chevaux libérés d'une simple avancée de la manette des gaz. Enfin, une affaire résolue, et en à peine plus d'un an. Plein du mauvais esprit que mon édification croissante a dopé, je me dis que celui-là et sa famille ont leur avenir assuré. Je ne suis pas sûr que les fils de famille laissent leurs jouets dispendieux aux mains d'employés en mal d'occupation. Ou alors, les familles princières sont prêtes à tout pour offrir des loisirs aux chauffeurs en congé.

On murmure aussi, mais aucun lien ne saurait exister, que le bien familial et royal, véritable palais édifié de longue date au pays du farniente, qui aliène le bord de mer serait en passe d'échoir, au terme de longues négociations, aux autorités publiques. On pouvait jusque-là se demander dans quel pays on était, lorsque des hommes en armes venaient éconduire les curieux. Cela faisait jaser, alimentant l'imaginaire local et les histoires piquantes.

Le silence est d'or.

A l'occasion, me revenaient des souvenirs d'enfance, grossissant d'invraisemblables histoires où le luxe avoisinait la misère, tout comme le prince le jardinier, et où des gamins aux pires audaces franchissaient à leurs risques des murailles derrière lesquelles d'autres mondes préservaient leur exception du commun, tenu à distance par des gardiens dont l'augmentation du nombre prévenait du retour des maîtres. Que l'un de ces enfants d'employés à demeure invite un beau jour quelques amis d'école, et l'aventure se déployait alors dans des jardins soignés pour ces bandes juvéniles inconscientes d'empiéter sur un autre monde ; et au risque que leurs parents se voient rappelés vigoureusement à l'ordre selon lequel tout ne se mélange pas. Ce qui ne se dissout pas dans un liquide repose au fond ; et ne doit pas en bouger. Sinon, c'est toute la bouteille que l'on vide.

Je me suis replié, mais nourri aussi de ce travail gratifiant, des besoins que je ne ressens pas vraiment. D'Astier confie à mes soins davantage de choses, et je comprends aux jeux d'écritures l'intrication de nos intérêts. Là au moins je fais partie du jeu, puisque deux à trois fois l'an nous faisons le point avec des aides extérieures pour disposer au mieux d'une prospérité sereine. Je vois se dessiner ce qu'il m'annonça, et je découvre qu'il me laisse la part belle sans tirer exagérément la couverture à lui. Une fois, il se laissa aller :
- Beaucoup ne savent pas organiser leur succession. Moi, j'ai eu ma chance en mon temps. Alors !!!
Je ne le crois pas bon ; il voit à long terme et sait consolider ce sur quoi il s'appuiera.

Il m'annonce enfin ce moment que je n'ai cessé d'attendre : la rencontre avec l'architecte, le parrain d'Angie. Je crois que d'Astier joue pour lui le prête-nom. Alors, la marche des affaires justifie de se connaître ; bien même.

- Monsieur d'Astier m'a dit tout le bien qu'il pense de vous. Et j'ai découvert que vous vous montriez capable, très capable.
- Avec son aide.
- Aucun de nous n'en serait où il se trouve sans aide. Alors, il y a au moins deux sortes de gens : les oublieux et les gens fiables.
- Il me tardait un peu de vous rencontrer.
- Ah !
- Oui, je crois que vous êtes l'expert local de tout ce qui concerne l'urbanisme.
- On exagère, vous savez. Mon cabinet ne vend que des conseils. Il fait la part des choses entre la volonté des élus, les règles de l'art, les nécessités urbaines et une certaine idée de l'avenir ; l'écologie, si vous voulez. J'oubliais les règles et contraintes énoncées par l'Etat.
- On oublie souvent ce qui va de soi.
- N'est-ce pas ! Vous ne m'aviez pas dit, d'Astier, qu'il a de l'humour.
- Un côté pince sans rire. Mais il peut aussi faire plus rustique. Ce que j'aime moins.
- Vous savez, on comprend les choses lorsqu'on en approche le sens et les nuances.
  Je suis intervenu pour ne pas laisser papa et tonton statuer sur le petit.
- Oui. Vous avez raison. C'est bien pourquoi d'Astier a pensé le moment venu.
- Et puis, autant que je vous dise… si vous ne saviez pas. J'étais très lié à Giulia, Giulia Espala.

Il prend tout son temps, le flegme paraissant inentamé alors qu'il met un moment à lever à nouveau le regard, que je trouve sensiblement différent. Très posé, parlant lentement, verbe net, phrasé doux, et comme une affirmation qui tranche le propos, il reprend, alors qu'il me tend une assiette de toasts.

- Je l'aimais profondément. Du reste, nous étions de la même famille. J'étais un proche de son père. Puissiez-vous l'aimer autant que je l'aime encore. Vous savez, il vient d'Aquitaine ce caviar. On travaille aussi dans le même sens dans la Loire. Savez-vous, Monsieur Bert, le temps n'est plus aux conquérants. L'écologie a imposé une certaine mesure. On reconquiert la pureté de la Loire, et nul ne voit plus dans ses humeurs sauvages le moindre mal ; alors qu'avant on voulait tout domestiquer. On aménage un peu, c'est tout. Un changement d'époque, d'ère même. Nul aujourd'hui ne tolèrerait les excès d'hier. Ni les intempérances d'ailleurs. Nous allons passer à table. D'Astier, un Riesling ?
- Merci de vous souvenir.
- S'il vous plaît, je vous ferai passer une caisse. Asseyez-vous messieurs.

Je ne parviens pas à le trouver antipathique. Il charme, sans démesure. Le bon goût nous environne. D'Astier m'avait prévenu qu'il nous recevrait chez lui. Affaires certes, mais personnelles ; de sorte qu'il n'y avait avec nous ni famille, ni collègues. Je me sens à l'aise malgré l'espace, tant s'y distribuent meubles, bibelots, décors et ornements dont l'emplacement semble naturel, équilibre savant et patiemment organisé. La table comporte un assortiment de plats dont certains demeurent sous cloche. A de rares occasions, un homme en veste blanche apparaît, comme pour ouvrir le vin, dont il fait le premier service avant de le poser près de l'hôte. Télépathie ou technologie discrète, il réapparaît à point nommé, pour desservir ou apporter une autre bouteille.

La conversation ne s'attarde jamais longtemps. Chacun connaît les chiffres, la marche des affaires, et chacun d'eux mieux que moi. Les commentaires invitent à se situer autour d'un bien commun, Pro Com, la boite que je gère. Je m'évertue à rester détendu et attentif. Je suis en train de passer mon examen principal. Alors, rien ne sert de feindre. Aux moments de propos serrés, pas toujours explicites mais très significatifs, succèdent des propos élargis, comme pour détendre l'atmosphère ; avant d'en revenir naturellement aux affaires.

- Comment trouvez-vous notre futur maire ?
- Le premier adjoint ?
- Habile. Et puis, il écoute, réellement.
- Il ira loin. Vous le connaissez, Monsieur Bert ?
- Non. J'ai rencontré l'ancien, brièvement.
- Il n'est quasiment plus aux affaires. Et puis la santé, n'est-ce pas !
- A propos d'affaires, on dit aussi qu'il y en a qui lui collent aux basques !

Je n'y peux rien, ça m'a échappé. Trop de tension, l'air de rien, à rester comme il faut.

D'Astier rit franchement :

- Voilà le tempérament qui ressort !
- Oui, vous avez raison, Monsieur Bert, Monsieur Lermi se trouve malgré lui confronté aux résultats d'anciennes pratiques. Toute la manière dont il a su s'entourer ne changera rien. Peut-être même au contraire ; comme si les ayant-droits acceptaient l'héritage sous réserve d'inventaire. Ce qui n'est ni juste, ni fair-play.
- Excusez-moi, mais certaines choses me heurtent.
- Cela vous honore. Mais, voyez-vous, un bon maire se juge à la qualité, et la pérennité des décisions qu'il prend. Et cela ne résulte pas nécessairement d'éventuels avantages, influences ou autres. Chacun avance ses pions. Celui qui décide tranche. Ses intérêts ne sont pas nécessairement contraires à sa fonction.

- Le défendez-vous ?
- Point du tout. Je laisse ce soin à Maître Festani ; qui n'est pas maladroit, du reste. Ce n'est pas un plaideur, mais un expert ; un malin, si vous voulez. Je vais vous expliquer quelque chose. Je suis architecte. Un architecte est soumis aux lois, et à la première d'entre elles : la pesanteur. Il exerce son art apparemment contre elles, paraissant défier par l'audace des constructions qu'il imagine. Et pourtant, il se soumet à la pesanteur sans laquelle rien de ce qu'il fait ne durerait. Simplement, il ne lui obéit pas. Chaque époque, et les techniques qui y naissent, apporte le moyen de déroger à l'idée qu'on se fait des règles. Et pourtant, elles demeurent, inentamées.
- Une question d'équilibre, en quelque sorte.
- Exactement ! Et qu'est-ce que l'équilibre sinon une répartition… des forces ?
- C'est un point de vue.
- De bâtisseur.
- Je suis parfois un peu vert. Excusez-moi. Je crois encore aux méchants.
- Il y en a. La difficulté consiste à comprendre qui est méchant. Enfin, n'importe ! Comme vous savez, en construction, on connaît mieux le bois sec. Et puis, vous le savez, comme dit l'expression d'ailleurs, le bois vert, ça casse.
- Non, en fait, tout simplement, j'ai du mal à faire mon deuil…
- …
- Goûtez ce Sbrinz. La Suisse est le pays de la patience.
- Pas seulement, dit-on.

  D'Astier rit, saisissant l'occasion :
- Figurez-vous qu'on m'a appris récemment qu'ils avaient l'intention de faire du caviar ! Pour nourrir leurs immigrés sans doute.

  L'humour vient parfois malgré lui redoubler le sens de ce qu'il voulait dissiper.

D'Astier s'est montré rassurant, précisant qu'il avait prévenu et que, dans l'ensemble, je n'étais pas trop sorti des marques. Je suis resté fidèle à mon image. Un peu franc du collier, quitte à sortir du sillon. Je l'ai trouvé rassurant ce bonhomme, et crédible, parlant des choses sans les nier ni en avouer quoi que ce soit. En définitive, selon lui, Lermi n'est pas un méchant, ni le premier adjoint. L'un est pris dans la tourmente, l'autre fait son possible pour garder les pieds au sec. L'affairisme n'a non plus été mis en cause, plutôt considéré à la fois comme une ressource, une force redoutable, et une entrave. Comme ces barrages dont ne menace que la rupture et dont la maîtrise de l'écoulement serait au service de tous.

A aucun moment non plus des histoires de maffia, tant au sens propre qu'au sens figuré, n'ont été évoquées. Je le crois sincère lorsqu'il parle de son attachement à Giulia. Que ce soit à sa manière ne change rien à l'affaire.

Et puis enfin, ce gars-là n'appartient pas aux délateurs, qu'il vilipende. Présent depuis bien longtemps, il en connaît inévitablement plus qu'il ne montre. Devenir son confident ? Sur l'oreiller peut-être ! Pas mon genre. Tiens, pas idiote, ma remarque. Sur l'oreiller. J'en connais au moins une qui l'a fréquenté. Giulia, as-tu appris quelque chose ?

Le puzzle

Le changement de nos rapports m'a permis de lui demander simplement qu'il me concède l'usage de cette pièce aveugle qui jouxte mon bureau ; il pourrait s'en trouver agrandi, pour peu que l'on perce une porte ou abatte la cloison. Pour l'heure, j'ai pu installer mon « centre de recherches ». Comme dans les feuilletons américains, j'ai étalé mes documents, rangé mes fiches, installé deux tableaux, dessinant sur le premier les liens que je découvre entre les gens, et notant sur le second les idées, même loufoques qui me viennent à l'esprit. Contre un autre mur, deux panneaux de liège me permettent d'épingler les documents que je trouve, ou même des articles de journaux. En tous sens, D'Astier me donne plus d'espace ; j'accepte cette sorte de transmission que je sens se faire, sans trop savoir à quoi elle m'engage ; ni peut-être envers qui, puisqu'il représente du monde. Il a bien compris que j'ai pris le mors aux dents, et se tient à l'écart de mon enquête, apparemment indifférent.

Ma documentation a pris une telle ampleur que je ne pouvais en disposer sans avoir mes aises. Je l'ai élargie à divers évènements hors du commun, comme l'assassinat de cette femme, élue d'une droite intransigeante qui pourfendait ceux qu'elle accusait de compromission. Jamais à ma connaissance l'enquête n'a abouti. A quelques dizaines de kilomètres à peine, un autre élu du même bord s'est trouvé mis en cause à l'occasion du meurtre crapuleux d'un de ses directeurs de campagne, promu à on ne sait quelles fonctions municipales. Même bord politique, et positions opposées en ce qui concerne la « morale » et les liens supposés avec milieux et affaires troubles. La vertu ne relève pas des opinions.

Je me suis souvenu aussi d'histoires racontées à propos de ce notable, devenu ministre important d'une gauche en quête d'assise, qui aurait gardé de la résistance ses accointances avec des gens ayant mis leurs armes au service de la bonne cause, la libération, avant d'en revenir, au retour de la paix, à l'ordinaire d'affaires pas très catholiques. De longue date, les intérêts ses croisent, se nouent, comme des liens et des fidélités se tissent.

En vis-à-vis, plus près de la frontière, l'autre métropole régionale connaissait une situation comparable, multipliant les promotions lorsque le fils succéda au père dans la gestion des affaires municipales, puis régionales. Une principauté accueillant à bras ouvert les nouveaux affairistes offrit un voisinage fécond aux attentes d'investissement. Les projets financiers, cela va de soi, demandent des moyens alors que l'on ne passe pas expressément par des prêts ordinaires, ni les conditions faites à monsieur tout-le-monde. Les odeurs de soufre, rapidement exhalées par une trop grande ostentation, ont tôt fait de purifier l'air, de sorte que l'expatriation parut naturelle à des projets qui n'avaient de géographie que par opportunité. La nouvelle star politique régionale partit briller sous de nouveaux firmaments, alors que des besogneux allaient fomenter leur opposition jusque devant une justice dont l'instruction, comme toujours discrète, fit les choux gras de la presse ; et pas seulement locale.

Je me dis que, comme toujours, les situations se sont assises, les milieux se sont posés, jusqu'à ce que de nouveaux ambitieux viennent les troubler, jetant bas des idoles, rompant les pactes qu'ils n'avaient pas signés. Les équilibres se décantent, jusqu'à une nouvelle donne, qui les renverse. Çà et là, des propos de gens autorisés, commissaires célèbres, avocats, journalistes ou connaisseurs des choses du monde parlent du bouleversement du milieu, de la perte des codes. Pour le commun des mortels, rien de tout cela n'interfère avec l'ordinaire où, somme toute, les affaires prospèrent dans une région où la manne immobilière engendra des retombées dont nul ne pouvait certifier être exclu. On est innocent par défaut, même si ce n'en est pas encore un, de défaut ; mais un handicap, sans doute. Depuis les dernières décennies, les tensions se sont accrues du fait d'avoir moins de perspectives. Quand les jeunes doutent de leur avenir, ils en viennent à vouloir secouer les traditions ; manu militari quelquefois. Et les papys vieillissant s'accrochent.

En bonne place, presque la moitié d'un tableau, j'ai épinglé ce qui concerne le « Président ». Est-ce parce que je l'ai rencontré, superbe de faconde et d'amoralité ? Ou encore parce qu'il était naguère considéré comme hors d'atteinte, ne serait-ce qu'en raison du réseau patiemment tissé, et des liens diffus redoublant les ententes connues. En dessous des articles et photos à son sujet, j'ai épinglé ce qui concerne ce maire où fut bâti ce fameux centre de loisirs sinistré. La presse interrogeait les pourquoi, dont ce parc municipal qui n'était en fait accessible que depuis sa propriété. Du reste, et plus largement, on incriminait aussi l'importance des travaux de sa résidence. Il se défendait certes, mais assez mal : Maison de famille à laquelle il ajoutait le dimanche matin quelque menue maçonnerie avec l'aide de quelques-uns de ses amis experts dans le maniement de la truelle. Le Président et ses amis se trouvaient donc sur la sellette ; de sorte que son incarcération ne m'a guère surpris. Je suppose qu'il aura été lâché par les uns et les autres, trop heureux sans doute qu'on leur laisse une échappatoire pour éviter de se trouver entraînés au cœur de l'orage.

J'oscille entre l'impression de comprendre, de me déniaiser, des moments de colère, et l'impression de devenir obsédé, luttant contre une espèce de grand Satan, ou une hydre plutôt, dont les têtes repoussent, tout démembrement devenant un essaimage. D'Astier, que j'ai convié à visiter mon antre, a évoqué une « crise de croissance », une sorte d'adolescence où le refus d'accepter ce qui est conforte à peu de frais son propre sentiment d'innocence, de pureté. Aucune acrimonie dans son propos ; il me laisse faire, comme peu concerné. Derrière lui, je suppose que l'architecte partage de mêmes dispositions, sans quoi mon ascension aurait été stoppée. Or, ma petite entreprise continue de prospérer. Et pourtant, personne ne me demande rien ; du moins, pas encore.

Je croise Roger dans la vieille ville, venu comme souvent retrouver des amis à déjeuner.
-   Tu as vendu ?
-   En quelque sorte. L'histoire d'élargissement de la route revenait trop sur le tapis.
-   On m'a dit qu'il fallait déplacer l'entrée de ta boite.
-   Oui, enfin, maintenant c'est réglé.

- Tu prends ta retraite ?
- Presque. J'ai un projet… dans l'arrière-pays. Bon, là, il faut que je te laisse. Tu as revu Richard ?

Sans attendre ma réponse, il poursuit sa route, faisant signe d'une main alors qu'il sort son mobile. Richard, je l'ai oublié celui-là ; drôle de type, expert dans l'aménagement des boites, son et lumière et autres choses du genre. Un type avec qui mieux vaut n'avoir pas d'histoire d'argent. Familier, avenant, tchatcheur, il gratte de tous côtés sans paraître ne rien avoir ; qu'une vielle bagnole, débordant de matériel. Spécialiste en ardoise et en promesses, il fait ouvrir des comptes par ses fournisseurs à de siens clients qui, eux, payent rubis sur l'ongle, et souvent en espèces. Une figure, ce Richard, et jamais à court d'histoires, surtout bourré. Difficile de le trouver avant le milieu de l'après-midi. C'est lui qui m'a présenté Roger. Je crois qu'il bosse chez Daniel en ce moment. Je l'ai complètement oublié. Alors que c'est une mine, ce type. Il suscite ma curiosité ; mais, au jugé, ce genre de curiosité dont je me demande s'il est bien avisé d'en suivre l'inspiration.

Comme je suis devenu mon propre détective privé, je décide de partir à sa recherche puisque je ne peux négliger aucune source.

Ça fait un moment, hein ?, que je ne vous ai pas parlé de ma mère ! J'y viens. J'ai eu ma sœur au téléphone, et elle a concocté un repas chez mes parents avec nous, puisque la mère sonne une décade supplémentaire. M'est avis que ça doit sonner aussi creux malgré l'entartrage, mais n'importe.

Bon, je croise Daniel qui repart lorsque j'arrive devant sa boite.

- Il vient d'arriver. Mais laisse-le bosser. Je veux que tout soit fini pour le week-end. Ce con est capable de bosser trois jours sans s'arrêter, mais quand même !
- Pas de problème. Je lui tiendrai un tournevis.

Il soutient le bar, chahutant quelques glaçons dans un liquide ambré. Toujours la même gueule de Léo Ferré avec sa tonsure invraisemblablement échevelée, en plus jovial et plus jeune.

- C'est pas une bière ?

- Oh putainnnnnnnnnnnn ! Ethan. Depuis le temps. Merde alors. Tu bois un coup ? Un malt ? Daniel a un de ces assortiments, je te dis pas !
- Pas à cette heure. Une bière, peut-être, brune.

Richard passe derrière le bar, commence par refaire le niveau de son verre à bière avec la bouteille écossaise, puis il ouvre les réfrigérateurs.

- Putain, c'est la dèche. Il déconne Daniel. Une rousse, ça te va ?
- Va pour la rousse.
- Qu'est-ce que tu deviens ?
- Je bosse dans l'escorte, l'accompagnement.
- Oh putainnnnnnnnnn, c'est génial. Tu m'embauches ? J'en ai plein le cul des boites. Ils te font chier et t'as jamais le temps de rien. Et puis jamais contents.
- T'as pas le look !
- Tu m'as jamais vu en costard ?

Il se penche par-dessus le comptoir :

- T'as déjà vu un beau cul ? Je suis venu tôt parce qu'ils vont tester un numéro avec une nana d'enfer. Je l'avais vue à Nice, et pas eu moyen de la tirer. Alors, je voudrais … enfin. Elle sait pas ce qu'elle rate.

Je n'ose lui dire qu'avec sa gueule… mais je ne sais comment il se démerde, parce que je crois que même bourré, il navigue pavillon dressé. Ce mec ne se rend même plus compte que les gens normaux en sont à la mi-journée.

- On peut pas se poser un peu ?
- Tu déconnes, faut que je bosse.
- Je vois.

Il n'est pas assez ivre pour méconnaître l'ironie :

- Non, mais là… j'ai pas pris mon petit déjeuner, alors…
- Et je parie que tu fais une allergie au lait.
- Oh putainnnnnnn, t'es toujours aussi bon, toi !

Puis il s'écarte d'un coup :

- Cinq minutes.

Je le vois qui part en gueulant vers des ouvriers :
- Oh putainnnnnnn, faites gaffe, z'allez tout péter. Et comment on remonte après ? Faut tirer les faisceaux directement à partir du tableau jusqu'à chacun des répartiteurs. Qu'est-ce que vous foutez ? Vous démontez doucement les contremarches. Et puis faut qu'on rebranche tous les soirs. On a jusqu'à onze heures, maniez-vous.

Il revient à moi.
- Putainnnnnnn, si t'as pas l'œil à tout. Et après, c'est pour ma gueule.

Voilà, c'est Richard ! On croit qu'il dort, qu'il est abruti, bourré, et puis il saute comme un cabri. Je suis presque sûr qu'il sait par cœur le détail du matériel qu'il a dans sa bagnole, alors que c'est un merdier sans nom. Une fois terminé, son travail est irréprochable. Et puis, dans le milieu où il bosse, il vaut mieux. Il revient au bar, et vers moi.
- Dis-moi, tu fais dans la sécurité ?
- L'accompagnement.
- Pareil. T'as des potes, des entrées ?
- Je démarre.
- Je peux t'envoyer un mec, un jeune ?
- Pourquoi faire.
- Putainnnnnnnnnn, tondu, il est tondu ; tu sais, il est venu avec sa femme ; mignonne, putain, et une paire de seins ! Ils avaient un restau en Alsace. Il a eu l'idée de monter une boite, super d'ailleurs. Et il a mis ce qu'il fallait. C'est comme ça que je l'ai connu. Je lui ai fait son installation.
- Et alors ?
- Et ben, comment te dire. Avant l'ouverture, on est venu le voir… et il a dû vendre.
- Et alors ?

- Quand je dis vendre… tu sais, une poignée de figues. Et puis tu sais, les emmerdes avaient commencé à s'accumuler sur lui, comme les nuages sur la montagne.
- Qu'est-ce que j'y peux moi ?
- Ben, je sais pas. Sur Nice, il est grillé. Mais ici, peut-être…
- Je pèse rien moi.
- Ouais, mais si tu connais.
- Dis-lui qu'il m'appelle.

Je lui tends un carton. Richard, le voilà conforme à lui-même. Tu lui demandes l'heure, et tu finis dans des histoires abracadabrantes.

- Et toi, tu bosses toujours pour ceux qui l'ont racheté ?
- Ben ouais, pourquoi ?
- Comme ça ! Je sais même plus ce que je voulais te demander.

A voix basse :
- Elle a peut-être une copine ? Tu attends avec moi ?
- Je bosse tout à l'heure. Mais, dis-moi, Espala, tu connais.
- Oh putainnnnnnnn ! Gamin, partout où tu passais, tu voyais le nom en grosses lettres, et sur les engins de chantier ; des monstres. Tu parles, si je me souviens.
- Tu connaissais.
- Bof, moi tu sais, le bâtiment m'emmerde. Tu te fais un cul comme ça, et t'es jamais payé en fin de chantier. Je crois qu'il faisait beaucoup dans les travaux publics, non ? Et les travaux publics, c'est pire et… faut connaître.
- Oui ?
- Ah Putainnnnnnnn, y'avait pas eu cette histoire-là, ce machin, ce centre de loisirs ; comment c'était déjà ? Gosyfolies, ou un truc comme ça.
- Et alors ?
- Ils ont bouffé tout ce qu'ils ont voulu. Trois ans après, ou quatre, ou cinq, tout leur a pété à la gueule.

- Mais il y avait des municipalités, là-dedans.
- Tu parles, et le conseil général et tout et tout. L'inauguration, je te dis pas. Et puis, ça s'est cassé la gueule… et l'autre, il s'est barré en Amérique du sud. Tu te souviens de sa baraque ?
- Comment veux-tu que je la connaisse ?
- J'en sais rien moi. Y avait de ces fêtes là-dedans. Il a tout largué. Ces cons, depuis, ils savent pas quoi en foutre. Il paraît que ça leur coûte du pognon.

Songeur :

- Une époque. Et il y eu un paquet de centres de loisirs. C'était la mode, un peu partout. Tous les élus en voulaient un près de chez eux. Et puis c'était vachement intéressant, très technique, avec les sécurités et tout. J'avais pensé m'y intéresser.
- Et alors,
- Trop de pognon. Et puis, tu savais pas qui. Tu sais, ils ont tous pété.
- Les gens ont bouffé leur pognon ?
- Certains. C'est comme une pompe.
- Qu'est-ce que tu veux dire ?
- Ben, y en a qui bouffent leur pognon. Et d'autres qui ramassent. Des sauveurs, quoi !

Il regarde à nouveau du côté des ouvriers.

- Putainnnnnnn, ces cons-là, tu peux pas les laisser. On dirait qu'y font exprès pour emmerder. J'y vais parce que sinon…
- Ciao, Richard !
- Fais-moi signe, un soir. On se fait une virée. Je bosse encore chez Daniel une petite semaine.

J'ai compris que le beau-frère devait s'ennuyer autant que moi. Eléonore et moi serons seuls avec eux. La réunion familiale sera réservée aux intimes. Le beauf préfère garder les petits. J'ai pris soin d'envoyer un bouquet à l'ancêtre. Ma sœur a décidé de faire livrer un repas chez eux, avec vaisselle et tout. Lorsqu'elle m'en a parlé, je lui ai déconseillé de prendre les loufiats avec. Finalement on fera le service par nous-mêmes. Je suis soulagé de ne pas avoir à sortir. Trop de souvenirs m'en dissuadent.

Lorsque j'arrive, ma mère est pimpante, ravie de montrer la robe à fleurs qu'elle vient d'acquérir, qui devait être du dernier cri avant ma naissance. Encore un commerçant heureux, de lui avoir fourgué un invendu et qu'elle foute enfin le camp !

- Elle est faite pour toi.

Sans rire ! Elle est aux anges, et moi déjà au purgatoire. Je savais ma sœur présente dès la fin d'après-midi, pour tout mettre en place. Des toasts colorés agrémentent avec goût une nappe unie, couleur saumon ; on est bien dans l'apéro. Je n'en crois pas mes yeux : Une bouteille de Bartissol ! Où l'a-t-elle trouvée ? Avec un peu de chance, il y aura même du Cynar, le nec plus ultra pour ma mère. Tu parles ! Une liqueur d'artichaut. Eléonore me sourit, mignonne, petite robe grise, délicatement garnie ici et là. Il faudrait que je lui demande si elle a des copines. Mais je ne suis pas sûr qu'elle souhaite me les présenter. Pourtant, je lui demandais pardon après lui avoir cassé ses poupées, lorsque nous étions gosses. Mon père, lui, n'a pas quitté la télé, ni les charentaises. Ma mère s'en occupe, comme toujours :

- Je lui ai sorti ses affaires, mais il finit de regarder son émission, avant d'aller s'habiller.

Ce serait bien la première fois. Bon, pas rancunier, je m'avance et lui pose la main sur l'épaule.

- Salut !
- Tu vois, ils les posent mal, leurs questions. Alors, forcément, tu peux pas répondre.
- Et non !
- Ah ! T'es d'accord avec moi ?
- Tu parles !
- Germaine, tu vois, il dit comme moi Athanase.

- Laisse-le regarder tranquille.
- Oui, bien sûr. … Mais tu peux éteindre la télé, il ne se rendra pas compte.

D'une tape sur l'avant-bras, elle feint une réprimande, et puis :
- Viens-voir !

Elle me guide vers le fourbi qui fut notre chambre, et me montre, collés sur des cartons récupérés, punaisés comme un mur d'annonces, articles et photos de presse.
- Regarde, tu es là avec le maire.

Effectivement, on voit une photo d'inauguration avec des notables, sans doute découpée dans le journal local. Dans un coin, en tout petit, à quelques rangs bien en arrière, mézigue.
- J'ai fait la nique à plus d'un qui ne croyait pas à ta réussite.

En vis-à-vis, sur le mur d'en face, une photo de ma sœur, avec son habit d'avocate, souriante, derrière un sous-verre et au-dessus de la cathédrale de Lourdes enfermée dans ces machins liquides que l'on retourne pour voir tomber la neige. Au-dessus, le même crucifix de fonte d'alu avec son récipient oblong où trempe un brin de lavande ; le même sans doute depuis vingt ans, si j'en crois la couleur. Classe quand même, le mur de la vertu ! Face à lui, le mur qui m'est dédié fait plus rustique.
- On peut commencer.
- On vient, on vient Eléonore.
- T'as raison, perdons pas de temps !
- Toujours pince sans rire.
- Je sors la blanquette du réfrigérateur ?
- Tu as raison. Comme ça, je garde le Bartissol.

Je crois que jamais de ma vie je ne pourrai en goûter. Je ne peux m'empêcher :
- Prends la bouteille en photo, ça me fera un souvenir.
- Quelle bonne idée, réagit ma mère.

J'ai peut-être oublié de vous dire qu'elle a le sens de l'humour.
- Quelle joie de se trouver réunis ! C'est si rare.

Elle écrase d'un kleenex le coin de l'œil d'où s'étire la marque noire du rimmel qui devait lui rester de sa première communion. Je vois briller les yeux d'Eléonore, émue. Il y a décidément quelque chose dans le film que je ne saisis pas. Moi, la connerie me dessèche les glandes. Mauvais fils ! Ou alors, c'est la tristesse qui lui tire les larmes, l'affliction.

La soirée se passe sans trop de mal. Pour une fois, je mange bien chez mes parents. Ma sœur a un bon traiteur. Elle a dû se faire conseiller pour les vins, et la conversation se simplifie depuis que mon père a quitté le fauteuil, et augmenté le son de la télé. Naturellement, il a renoncé à s'habiller, comme disait et espérait ma mère. Comme elle dit :

- Tu sais comme il est, très nature, hein ?
- C'est ce qui fait son charme.
- Tu sais que tu es bien habillé, quand même.

Je repars malgré moi dans des souvenirs où elle m'accompagnait chez le fripier du coin, à faire tout sortir jusqu'au moment où il lui dégottait enfin un bénard dans ses moyens, trois tailles au-dessus de la mienne, et qu'elle prenait ravie de l'aubaine en trouvant qu'il me ferait de l'usage. Sur le retour, elle ne manquait d'en vanter la qualité, disant comment elle le reprendrait pour que, des années durant, il soit à ma taille. Hormis le fait que personne de mes copains n'avait idée que puisse exister de telles guenilles. Naturellement, les talents de couturière de ma mère étaient tels que mieux valait garder les choses en l'état ; sans quoi le plus simple des ourlets dégagerait pour l'éternité d'invraisemblables chaussettes avachies, achetées par lots au prix de gros. J'ai dû casser la gueule à pas mal de monde à l'école pour qu'on cesse de m'emmerder. Evidemment, il y a ceux qui m'ont foutu des roustes mais, en général, ils me prenaient en pitié. Quand tu as l'air aussi con, ou tu l'es, ou tu es profondément malheureux. Dans les deux cas, tu as la médaille du mérite.

- Tu m'écoutes pas !
- Si, si.
- Alors, voilà, je t'ai tout mis dans cette chemise. Depuis qu'elles savent que tu travailles avec le maire, quelques amies ont pensé que tu pourrais voir avec lui.

Je n'ouvre même pas.
- Mais, tu sais, j'ai eu du mal à leur expliquer pourquoi tu as changé de nom. Alors, je leur ai dit que c'était comme un nom de scène. … Note bien, ta sœur, elle a gardé le même nom.
- Elle est mariée.
- Ah oui ! C'est vrai. Mais quand même.
- Au moins, vous êtes tranquilles.
- En un sens, tu as raison. Quand je vois déjà tout ce qu'on me demande, depuis que tu as réussi.
- Vous ne croyez-pas qu'on pourrait passer au dessert.
- D'autant, arrive Eléonore dévoilant une autre surprise, que voici…
- Oh ! Du Montbazillac ! Quelle fête, mes enfants !

J'espérais au moins pouvoir parler un peu avec elle. Raté. Replonger dans l'atmosphère de l'enfance m'a fait le plus grand bien : Il ne peut rien m'arriver de pire.

Quand tu vois à quoi tu as échappé, tu te sens immortel.

11 D'étranges univers

Le recevoir m'ennuie. Pourtant, j'ai accepté. Curiosité de ma part ? Je reste fixé malgré moi sur ces univers glauques dont j'espère apprendre quelque chose. Il se vide plus qu'il ne parle, déroulant une histoire à laquelle je ne parviens pas à m'intéresser. Je ne sais pourquoi Richard me l'a envoyé ; le désir de se faire mousser, sans doute. Son ambition l'a convaincu de venir dans le sud, l'Eldorado, et de vendre son restaurant qui évoluait gentiment dans son Alsace natale. Je suppose que sa bonne femme voulait troquer la plus petite des Mercédès pour un gros 4x4. Alors, il a tout vendu, cassé la cagnotte pour se précipiter dans l'univers de la nuit ; et à l'endroit le plus prometteur à ses yeux : la côte d'azur. Son projet de création d'une boite à la mode n'a rencontré nulle entrave… jusqu'au jour où deux types sont venus le voir, à plusieurs reprises. L'alsacien refusa toute idée d'une association où on ne lui offrait qu'une protection supposée, et de soi-disant introductions. Alors, les difficultés commencèrent. Une commission de sécurité tatillonne, d'incessantes visites quant à la conformité, la sécurité, une autorisation repoussée, des questions d'hygiène, de bruit et de voisinage… Et puis, les mêmes types sont revenus. La seule différence de leur propos concernait le nombre de parts devant rester à l'ancien hôtelier dans l'association proposée : en très nette baisse. Jusqu'au jour ou Madame a trouvé les quatre roues de son allemande crevées et massacrées avec le plus grand soin. Il s'émeut lorsqu'il dit la peur qu'elle a eue. Trois voyous entreprirent ensuite de la bousculer, et elle se trouva jetée en travers du capot, jupe autour du cou alors que les autres s'enhardissaient en rigolant. Et puis, d'un coup, plus personne. Ce n'était qu'un avertissement. Alors, il a jeté l'éponge.

- Et que pensez-vous que l'on puisse faire pour vous dans cette affaire ?
- Je n'en sais rien… J'ai tout perdu.
- Et l'association ?
- Il n'en est plus question. Je perds tout.

Il lève sur moi un regard de chien battu. Un voile se lève sur des détails, des pratiques pressenties dont j'ignorais les réelles péripéties. Je ne vois pas ce que je peux faire là-dedans, ni ce que je pèserais.

- Vous savez qui est derrière tout ça ?
- Pas la moindre idée.
- Vous avez vu les flics ?
- Ce sont eux qui sont venus me dire que mes autorisations étaient suspendues.
- Vous avez des appuis ?
- Je suis allé voir un avocat. Il m'a conseillé de partir.
- C'est votre avis ?

Il lève les mains en signe d'impuissance.

- Si seulement je pouvais… sauver les meubles.
- On dirait que c'est tard !

Il m'aurait ému, si je m'étais trouvé dans mon état normal. Son malheur me réconforte : il y a plus con que moi.

- Et votre femme ?
- Elle est déjà repartie.
- Suivez-là.
- A poil ?
- …
- Vous ne pouvez rien pour moi ?
- Rien. Il faudrait du beau monde. Vous avez signé quelque chose ?
- Pas encore… Ils m'ont laissé quinze jours.
- Bon. Moi, je ne fais pas le poids. Je peux demander, peut-être. Vous buvez quelque chose ?
- Pas bon avec les cachets.
- Sans alcool ?
- Merci, non.
- Mais je ne sais pas si quelqu'un qui interviendrait ferait autre chose que vous tondre.
- De toutes manières…

Je décroche le téléphone pour avoir la ligne directe.

- Minna ? Il est là d'Astier ?
- Montez.
- C'est juste pour un avis. J'aimerais bien qu'il descende.

-   Je lui demande, et je vous rappelle.

Avachi, l'alsacien, à plat, dégonflé, flapi, anéanti. La sonnerie du téléphone me préserve du semblant de conversation que je n'aurais su tenir ; D'Astier descend.

A mots choisis, je lui résume la situation, le piège dans lequel l'alsacien est tombé. D'Astier semble se demander ce que je veux faire de cette histoire, ce que j'attends de lui.

-   En fait, j'ai pensé à Festani. Il connaît beaucoup de monde, non ?
-   Sans doute.
-   Et il m'a semblé qu'il y a ceux qu'il ne connaît pas, et qui le connaissent.
-   Sans doute.
-   Monsieur était allé voir un avocat… en vain.

Il repart sans avoir adressé la parole au malheureux, qui ne bronche pas. A la porte, il se retourne :

-   Je vais demander son avis. Je te rappelle.

L'autre émerge de sa torpeur lorsque la porte claque. Je me demande même s'il a réalisé que quelqu'un est venu, et reparti.

-   Richard m'avait dit que vous étiez un brave homme.
-   Monsieur Lomann a l'estime généreuse. Mais je ne sais si tout ça va peser lourd dans votre affaire.
-   Oui. Je… enfin, merci.

Je me demande s'il va se lever et sortir. A-t-il compris que j'attends une réponse pour lui ?

Le téléphone vient à nouveau me sauver. Je note les indications que D'Astier me donne. D'une part j'écris mal, d'autre part j'ai griffonné sur mon bloc ; alors, je prends une carte pour m'appliquer à recopier ; et sans tirer la langue. Je tends à l'autre le bristol :

-   Maître Festani, ce jeudi, à quinze heures. Soyez à l'heure.
-   Merci.

Après son départ, je passe un moment songeur. Je n'ai rien à faire là-dedans. Simplement, cette vilaine affaire me précise un peu les choses, me décillant si besoin était. Jusqu'où peuvent aller ces gens-là ? S'agit-il de bandes, d'un milieu organisé ? Est-ce une entente, ou existe-t-il des rivalités ? Quelle importance d'ailleurs ?

Je ne me vois guère aller demander des sous-titres. Et puis se manifester là où on n'a rien à faire, avec des gens qui ont des habitudes… Comme disait Daniel : reste à ta place bonhomme ! J'ai du mal. Après tout, je n'ai rien cherché. Si Giulia était toujours là, je me moquerais de toutes ces histoires. Mais là ! Le milieu n'a pas de Bottin.

Je fais souvent les choses sans savoir. Après, je réalise ; parfois du moins. Je ne sais quelle idée m'a pris ; voir ce type, demander à D'Astier, penser à Festani. Finalement, ce sont des coups de sonde. Quand il n'y a pas de Bottin, ne reste que le carnet d'adresses. Le mien ne présente que quelques entrées.

Je continue de passer des heures dans ma pièce d'investigation. J'ai fait quelques fiches, épinglées au mieux entre d'autres pouvant avoir un rapport. Je n'ai même pas demandé le nom de sa boite à l'Alsacien. J'ai simplement noté : boite de nuit. Et cette note, cet article que je ne sais où accrocher. Festani a gagné : un vice de forme fait tomber les actions contre Lermi. Comme disait l'autre, pas un plaideur, ce Festani, mais un malin.

A peine un mois a passé lorsque je reçois un joli coffret de trois bouteilles de malt whisky d'années différentes, luxueusement emballé. J'extrais de la petite enveloppe jointe une carte de visite, sans le moindre mot : Maître Festani. Encore une trentaine de coups de ce genre, et je vais faire partie des « Chers amis ».

Les jours suivants, une lettre de l'alsacien : je ne me souviens pas de son nom, mais le propos sans équivoque m'informe de son retour au pays. Un simple merci tient lieu de formule de politesse. Décidément, il ne connaît pas les usages !

Voilà une des différences entre gens simples, pour ne pas dire honnêtes, et gens avertis : la naïveté des premiers ignore les usages que respectent les seconds. Les cadeaux entretiennent l'amitié.

Je gamberge, et je retiens de cette affaire que « *tous les chemins mènent à Rome* » ; ou, au moins, que des connexions existent entre des milieux et des gens veillant sans doute entre eux à ne pas tout mélanger. Autre vérité proverbiale maternelle : il ne faut pas mettre ses œufs dans le même panier. Et moins encore lorsqu'il s'agit de soulager le panier d'un inconnu. Je n'avais jamais envisagé, d'ailleurs, que « panier de crabes » signifie panier appartenant à des crabes ; quant à croire que des crabes puissent faire un raout dans un seul et même panier ! Sans doute une idée de policier à la retraite.

Sur mon mur, Festani prend de la hauteur. J'ai du mal à croire qu'il appartienne à une clique. Il navigue, plutôt. Les grands-maçons, ce sont des initiés, plus que des armateurs. Lorsqu'un bateau coule, les affaires continuent. Ne changent que les interlocuteurs. Du reste, j'ai vu qu'il a eu de la promotion, l'avocat bâtisseur : grand vizir ou un truc comme çà !

J'ai pensé aussi aller voir Richard, histoire de lui raconter les suites ; alors qu'il en sait davantage que moi. Sortir avec lui pour picoler et faire le con pourrait m'en apprendre. Pourtant, intuitivement, je me méfie. Lui, il est en liège, insubmersible dans la flotte comme l'alcool. Moi pas. Et puis, je ne suis pas sûr qu'il sache se taire. Il est assez malin pour sentir que je m'intéresse à quelque chose, mais pas assez discret pour que cela ne comporte de risque. Et puis, ce mec, il a sa manière à lui de mettre les uns en contact avec les autres. C'est un menuisier qui connaît les armateurs, mais aussi des marins, et quelques capitaines. Je ne crois pas qu'il soit assez con pour raconter des voyages qui ne sont pas les siens. Mais, pour faire le malin, il pourrait aussi raconter qu'il a un copain intéressé, sans penser à mal. Reste à ta place, bonhomme, comme dit Daniel. Lui, il a sa religion ; sans être prosélyte.

Je ne sais pourquoi cette histoire m'a attiré. J'ai eu vent de cette affaire par deux personnes au moins, dont Sébastien ; l'immobilier peut donner envie de se trouver le sens des affaires, alors qu'on n'est que commissionné sur celles des autres. Tout comme le loufiat se la pète à la hauteur du restaurant où il bosse. Il s'agissait d'une sorte de projet de placement consistant à acheter un terrain servant de parc à la plus grande, la plus ancienne aussi, fourrière des environs. La noria des dépanneuses alimentait un parc saturé dont le trop plein se déversait sur la file des conducteurs furieux de l'enlèvement de leur voiture pour une infraction banale ; certains l'ayant cru volée se faisaient une raison, et d'autres traquaient le moindre dommage éventuellement causé par le remorquage. Renseignement pris, la luxuriante société préférait louer un terrain qui lui appartenait jusque-là, sans doute au profit d'investissements à venir, grâce au fruit de sa vente. Autant dire que la rente promise aux investisseurs devait être aussi sure que confortable. Les mairies d'alentour organisent la valse des règlements sécurisant l'emploi des verbalisateurs au nom d'un devoir de libre circulation que n'entrave souverainement que l'écologie. S'inscrire parmi les bénéficiaires du tir aux pigeons dont les victimes sont les auto-immobilistes offre désormais tous les avantages de la modernité. Toute morale mise à part, j'aurais bien rangé mes intérêts dans la cohorte des bonnes consciences ; mais je n'étais pas encore assez en fonds pour me prendre pour un investisseur.

Toutefois, j'en parlais incidemment un jour à D'Astier qui, au bout de quelques minutes, mit un terme à mes tergiversations :

- Ne te risque pas à jouer alors que tu ne connais pas les règles.

Je l'ai trouvé bien suspicieux. Ou peu partageur, je ne sais pas.

Je n'ai repensé à cette affaire que lorsque le journal local étalait à la une un nouveau scandale : Une société bien connue pour sa collaboration avec les municipalités en tant que fourrière municipale se voyait impliquée dans de sombres affaires de trafics de voitures et autres malversations. Les jours suivants, alors que je passais devant le site, je constatai en effet sa désertification. Pour autant, je n'imaginai pas une seconde que les PV et enlèvements aient diminué le moins du monde. Alors ?

Quelques mois après, je constatai qu'une grande surface s'était développée, investissant un terrain qui, naguère, comportait une autre de ces fourrières, mais d'une commune voisine.

Etranges coïncidences voulant qu'un secteur, discret et pourtant ostensible, évoluât tout à la fois différemment et à l'unisson ici et là.

J'eus l'impression de voir se conclure cette évolution lorsque la feuille locale, il y a une semaine à peine, fit un article sur les protestations véhémentes à l'encontre d'une nouvelle fourrière qui faisait les enlèvements pour l'ensemble des communes sans avoir songé une seconde à se doter des autorisations préfectorales indispensables pour ce faire. Ce qui fut clos dès que le préfet observa que ce détail serait régularisé sur-le-champ. Comme quoi il y a beaucoup de mal-pensants : un préfet peut être rapide ; ça dépend pourquoi. Ou pour qui ?

Bienheureusement, les autorités qui veillent sur nous assurent notre sécurité envers et contre tout. Et même contre nous, chacun de nous ; nous ne sommes plus en mesure d'assurer que nous avons conscience de nos responsabilités ; ce à quoi doivent bien pallier ceux qui nous gouvernent. Ils nous le disent, d'ailleurs, en assurant que n'est de bonne loi qui ne soit assortie des sanctions les plus fermes à l'encontre de ceux qui les enfreignent.

Je n'ai pas osé faire part ouvertement de ma colère indignée, puisque je pensais désormais en savoir assez pour assurer que ces transformations doivent peu au hasard ; je n'aurais pu que me faire moquer et, par là-même, passer pour le guguss que je suis au moment même où je fais des efforts pour passer pour un homme averti.

Au fond, il n'y a que l'abattement dont je ne parvienne à sortir, même si je fais de mon mieux pour que rien n'en paraisse, qui me serve de tempérance. Avant, c'était de la misère que je ne sortais pas. Je deviens moins con, et juste un peu plus malheureux.

Les semaines s'écoulent, faites de régularités auxquelles je m'astreins, comme la salle, un peu de footing ou de natation, de missions par lesquelles le travail me sort de mon antre, le temps de me rappeler à d'autres réalités, de petits breaks où les copinages me distraient. Je crois un peu que, comme beaucoup, je fais ma dépression. Encore ne puis-je que me féliciter de n'avoir pas plongé pour autant dans la pharmacopée, l'addiction ou l'effondrement le plus banal. Parfois, j'explore les arcanes d'un sentiment de vide, une sorte de béance dans laquelle je me reconnais, comme si elle avait toujours existé alors que je n'en savais rien.

Régulières aussi, les rencontres avec D'Astier et l'architecte ; une fois par trimestre, et un peu plus en début d'année, le moment de clôture des comptes annuels. J'apprends à faire les choix qui vont donner fière allure à une comptabilité, sans faire un appel ouvert aux vautours. D'Astier a des longueurs d'avance sur moi, mais l'architecte, lui, est carrément une pointure. Son aisance m'impressionne, mais me surprend à chaque fois ; tout paraît simple, évident, une fois qu'il est intervenu pour mettre un peu d'ordre dans le réseau auquel il veille, combinant les intérêts, en affectant aux sociétés imbriquées les mouvements conformes à leur vocation. Il y a de l'artiste et de l'équilibriste chez ce type. Et il n'apparaît jamais en première ligne. Plus qu'hommes de paille, ceux qui sont à la proue constituent des obligés qui apprennent à s'élever avec le vent en poupe ; et qui boiront peut-être la tasse au cas où le bateau enfournerait violemment. On n'apprend pas à naviguer dans sa baignoire.

Je ne sais pourquoi, l'impression en moi se confirme qu'il m'a à la bonne. Et puis, je trouve D'Astier plus proche, plus simple, plus ouvert. Une fois même, il m'a demandé si je me souvenais ; je lui ai parlé de sa TR3 bleu ciel. Il a souri :

- Une des premières belles choses que j'ai eues. Un début, en quelque sorte. Je me souviens de toi. Tu étais gosse, un peu à la ramasse.

- Vous m'aviez reconnu ?
- Pas tout de suite.
- Moi non plus.
- J'ai changé ?
- En mieux.
- Merci. Tu vois, tu connais même la politesse.
- Et c'est pour ça que…
- Non. Les choses ont évolué. Tu es arrivé au bon moment… en un sens.

Je ne sais ce qu'il veut dire. Ce qu'il m'a appris, à coup sûr, c'est à attendre, à savoir attendre. Ce n'est pas en tirant sur les pommes qu'elles murissent. Je sens bien que nos rapports n'évoluent qu'avec l'assentiment de l'architecte. Et au-dessus ?

Je fais aussi en sorte de rencontrer ma sœur de temps à autre. Je n'en attends pas grand-chose, et elle va du même pas. La plupart du temps, je prends l'initiative, proposant un restau le midi. Le soir, je travaille souvent. Et puis, je n'ai guère envie de tomber dans les histoires de famille. De cette manière, tout va bien. Selon son agenda, elle me rejoint et trouve là une sorte de pause dans sa journée. Je ne suis pas sûr que son boulot soit très amusant. Ni sa vie d'ailleurs. Elle s'en accommode. Je me demande même si je ne la distrais pas. Nous ne sommes pas proches, mais redevenons un peu plus familiers l'un de l'autre. Je sais avoir à apprendre d'elle. Pourtant, je ne fais pas en sorte d'y parvenir, me laissant porter par le charme que je lui découvre. Quelque chose de léger chez elle confine à un humour pince-sans-rire. Elle connaît du monde, circulant à son aise dans une confrérie qui lui prête à sourire alors même qu'elle y appartient sans déroger aux usages. Un avocat apprend inévitablement à mentir. A moins que le mouvement ne soit inverse, offrant aux menteurs l'honorabilité d'une vocation. Ensuite, ils apprennent à se taire. Formidable, non ! Ils se taisent, laissant accroire qu'ils savent quelque chose alors que, bien souvent, on ne joue qu'à poker menteur. Malicieuse ; je la découvre malicieuse ; je cherchais le mot.

Finalement, nous nous rapprochons comme si nous n'étions pas de la même famille ; avec cependant un certain sentiment de familiarité de la présence. Parfois, quelques souvenirs nous laisseraient croire que nous avons été proches. L'intérêt de ce passé vient de ce qu'il nous fait croire avoir quelque chose de commun.

L'avantage de la solitude, ou du désespoir, revient à trouver peu à peu de l'importance à des choses qui, avant, ne retenaient pas l'attention. Moins persécuté sans doute, on se sent seulement un peu plus malheureux, grâce à ces gens qui ont appris à faire comme s'ils ne l'étaient pas.

Elle est une princesse désenchantée… et moi, un prince sans rire.

Un monde sans cause

Je me suis installé dans une apathie stuporeuse et désillusionnée. Rien ne va mal ; rien ne m'étonne. Mais rien ne m'intéresse plus vraiment. Au fond, je cherche une raison aux choses, à la mort d'Angie. Comme si quoi que ce soit s'en trouvait changé ! Je fais des liens, je construis une impression de comprendre… qui ne m'avance guère. Au moins cette insensibilisation me permet-elle de vaquer à l'ordinaire. Et puis, lorsque j'en ai terminé, je me retrouve dans mon antre aux secrets dont les murs chargés racontent des histoires ; à moins que je ne me les imagine. Le Président est en prison, désormais. Lermi a passé l'arme à gauche ; lui qui était du centre, bouffant en fait à tous les rateliers. Il n'aura pas profité longtemps de l'impunité. Dieu est rancunier.

Et pourtant tout, sauf moi, va mieux. Près de deux ans bientôt. Mon compte en banque ne me reconnaît plus, alors que c'est le contraire pour mon banquier. Il m'a même entrepris pour me conseiller d'acheter de l'immobilier. Mon copain Galien aussi d'ailleurs. Je le crois sincère, malgré son intérêt quant à une éventuelle commission ; à moins qu'il n'ait songé à me l'offrir. Je ne trouve aucune raison valable de dépenser, alors… d'ici peu, je serai un nanti. J'ai toujours la même BM, et m'en trouve ravi. Je ne me suis pas avancé sur l'échiquier des m'as-tu-vu, et n'aspire ni à prendre le dernier modèle, ni à prendre plus gros ou plus « fun ». De temps à autre, j'aimerais bien m'offrir un coup de soleil sur un pont de bateau ; mais les propriétaires que je peux connaître m'ennuient autant par leur désœuvrement que leur vacuité, même affairée et enthousiaste.

Les faits divers m'intéressent toujours, tout comme d'autres ne peuvent s'empêcher de fouiller les poubelles, convaincus d'y trouver un jour la fortune. Au moins une affaire a retenu mon attention : celle de Lar sur Boup. A peine refait, intégralement, un hôtel restaurant a explosé et brûlé. Pas de chance ! Il y a la photo de Roger, blessé mais rescapé, et je trouve confirmation dans l'article de ce qu'il s'agissait bien de lui. Mystère quant aux raisons de cet attentat. L'ami Roger a dû se sentir quitte envers d'anciens amis qui ne l'entendaient pas de la même oreille. Je n'ai plus jamais eu de nouvelle de lui. Je me suis d'ailleurs abstenu d'en parler avec Daniel. Je connais son point de vue : ma main gauche ignore ce que fait ma main droite ; ou l'inverse. Alors, quand il s'agit des jeux de mains des camarades…

A la rigueur, je me sens parfois devenir cynique : jouer les Cassandre est une manière comme une autre de paraître averti, ironisant sur la moindre espérance qui ne pourrait émaner que de naïfs. D'Astier me reprend, à l'occasion. « Ne crache pas sur ta chance » me répète-t-il. Je le crois surtout soucieux de ses intérêts, et de ceux qu'il représente, puisque je suis devenu un des supports, une des pièces de l'ensemble. Possible aussi qu'il m'aime bien !

Dans le genre, il y a ma sœur aussi, à qui je ne semble plus faire honte. Je peux même passer à son bureau, son cabinet. Lorsque nous décidons de nous voir, conservant notre habitude des déjeuners, je passe la prendre, et l'une au moins des secrétaires se fend d'un sourire.

Et puis, inattendue, vient cette invite. L'architecte m'a téléphoné directement pour me convier à prendre le café chez lui. Pas de D'Astier au milieu ! Je ne crois guère en une soudaine promotion. Mieux vaut d'ailleurs que ce ne soit pas le cas. On descend en général plus vite que l'on n'est monté. Malgré le charme irrésistible que je sais émaner de ma personne, je m'interroge. Bien en vain d'ailleurs. Je fermente, devrais-je dire, triturant mes méninges comme au meilleur de mes jours, à l'époque où je croyais être pour quelque chose dans ce qui m'arrive.

Je ne sais pourquoi je ne cesse d'être ponctuel. Je patiente donc plusieurs minutes avant de me signaler au portillon. Il s'ouvre sans même que le parlophone se soit fait entendre. Ce doit être une vidéo. Je vois mal l'architecte ouvrir en confiance. Préjugé, peut-être. C'est bien une vidéo puisque le portillon s'est ouvert, et non le portail. On voit de moins en moins de glycines, de nos jours. Tout gosse, je crois me souvenir qu'elles foisonnaient. J'en croquais les fleurs, allez savoir pourquoi. J'arrive devant l'entrée, et lui vient à ma rencontre par la terrasse, agréablement ensoleillée dans la douceur printanière. Il m'indique les baies vitrées et nous nous retrouvons au salon qui jouxte la pièce où nous nous rencontrons d'ordinaire. Aucun n'a pipé mot ; je ne le réalise que lorsqu'il me demande si je sucre mon café ; ce qu'il devrait savoir ; mais je préjuge de mon importance. Je réponds par l'affirmative, et par habitude. A vrai dire, je m'en moque un peu.

- L'initiative n'est pas mienne, mais de ma fille. Je ne sais au juste pourquoi.

Il sourit :

- Que voulez-vous ? Elle ne me dit pas tout. ... Une habitude familiale. Cependant, lorsque le moment est venu, je parle sans ambage.

Et moi, je tourne consciencieusement ma cuillère, assis au bord du fauteuil. Que vient faire sa fille là-dedans. Lorsqu'il lui arrive d'en parler, rarement, il fait un peu le bon père.

- Je me sens responsable de la mort de Giulia ; en partie au moins. Je n'ai pas su la protéger.

Je suis abasourdi.

- Que venez-vous faire là-dedans ?
- Rien. Justement. Je devais intervenir. Je n'ai fait que la mettre en garde.
- Contre quoi ?
- Vous savez, il faudrait remonter en arrière. Mais... je ne sais pas si nous aurions la même vision des choses. Elle était ma filleule, vous savez.

Je ne tiens pas à lui dire qu'elle m'avait parlé, un peu. Je ne trouve pas qu'il soit concerné. Du reste, je n'ai pas envie d'en parler. Je n'ai guère aimé ce que j'ai appris. Et pas davantage en ce qui le concerne.

- Je crois que c'est ma fille qui arrive.

Je n'ai rien entendu ; un bruit de moteur peut-être. Celui des graviers se détache plus clairement. Elle se gare. Quelques instants à peine s'écoulent avant qu'ils n'arrivent. J'ai le souffle coupé en la découvrant.

- Vous pouvez vous dispenser de me dire que je ressemble à Giulia. Du reste, c'est parfaitement inexact. Je ne sais pourquoi, ces différences paraissent moins qu'une certaine communauté de manières. Nous étions si proches, et depuis l'enfance.

La justesse du propos me dispense de tout commentaire. Sans doute en était-ce l'objectif. Je me lève et lui tends la main :

- Ethan Bert.
- Esperanza.

Elle se retourne vers son père, qui conclut leur bref échange en s'adressant à moi :

- Je vous laisse. Vous êtes de la même génération. Vous parlerez plus librement.

Elle s'est assise sur le fauteuil de côté, de sorte que nous pouvons aussi aisément nous voir que regarder la terrasse par la baie restée entrouverte. Le café a tiédi, comme je le souhaitais, et je déploie une sorte d'activité à le boire par petites gorgées. Au moins, je peux la regarder aisément, sans ostentation, comme une attente qui serait presque naturelle. En effet, elle ne lui ressemble pas vraiment ; tant qu'elle ne bouge pas, ou ne parle pas. Elle me paraît plus petite, un peu plus ronde. Beau brin de fille méridionale, brune aux cheveux longs et bouclés, à la poitrine tellement parfaite que je la pense refaite. Non, elles ne se ressemblent pas, Giulia était naturelle. Chez elle je sens comme une affectation.

- Vous permettez ? Me demande-t-elle en me montrant le Dunhill qu'elle sort de son sac à main.
- Je vous en prie.

Elle s'adosse, tirant à elle un cendrier probablement en cristal. Elle puise dans un coffret d'argent une cigarette au long bout doré. Je ne sais pas si elle a toujours pété dans la soie, mais le luxe lui va bien.

- Je ne pensais pas vous rencontrer un jour. Enfin, pas comme ça, je veux dire. Giulia, figurez-vous, m'avait parlé de vous. Nous étions si proches ; plus que des sœurs. Des sœurs, et des amies. Vous savez, il y avait eu des drames dans sa vie.
- Elle m'avait parlé, un peu.
- Je crois qu'elle n'a jamais accepté que sa vie ait changé. Pour elle, son père avait été littéralement évincé, écarté. Parfois même, elle disait « exécuté ». Son père, n'est-ce-pas, était tout pour elle. Elle aimait beaucoup sa mère mais… enfin… comment dire ? Sa mère avait été grisée. Alors que son père faisait tout pour les siens. Il était d'une gentillesse sans borne. Naïf aussi. Ça l'a perdu. Je dirais même qu'il était honnête ; même si cela peut surprendre. C'était un entrepreneur, au vrai sens du terme, toujours actif. Il était comme mon oncle, et me considérait comme l'une de ses enfants. Mon père et lui se connaissaient de longue date, mais je n'en sais pas plus. Ils partageaient beaucoup, et dans le travail aussi. Je n'avais pas compris combien elle est restée là-dessus. Elle m'a parlé peu de temps avant… que tout dérape. Du reste, je n'ai compris les choses qu'après qu'elle m'ait parlé de vous. … Elle vous aimait. Elle me l'a dit, et s'étonnait de pouvoir aimer encore. Elle pensait que c'en était fini de ces histoires. Du reste, elle m'a dit aussi que vous la faisiez penser à son père : aussi ingénu malgré un air averti. Elle se disait touchée … (elle me regarde alors droit dans les yeux, articulant nettement les syllabes) par votre maladresse. Elle disait elle-même que certaines

personnes n'arriveraient jamais à passer pour ce qu'elles tentent de paraître… Je ne sais pourquoi.

Que voulez-vous ? Il y en a toujours pour être touchés par les cons. L'absurdité de la situation m'irrite. On avait tout pour être heureux, et on ne l'a pas été. Entendre parler d'elle, partager quelque chose à son propos ne me déplaît pourtant pas. Que dire :
- Je pense toujours à elle.
- Moi aussi. Enfin, ce n'est pas pareil. Vous savez, nous nous prêtions des affaires. Alors, quand j'ouvre ma garde-robe…
- Votre père m'a dit qu'il se sentait responsable…
- J'y viens. Je me sens, je suis responsable aussi. Elle m'a prévenue, et je n'ai pas fait attention. Je ne la prenais pas au sérieux.
- C'est-à-dire ?
- Lorsqu'elle vous a connu, je crois qu'elle a changé. Elle a retrouvé la vie, vraiment. Je n'avais pas réalisé qu'au fond elle donnait le change. Elle m'a expliqué que la vie qu'elle s'était construite n'avait qu'un seul but : apprendre tout ce qu'elle pouvait, comprendre les liens entre les uns et les autres, savoir qui décide vraiment… et tout noter, pour venger son père, savoir qui avait voulu sa mort ; accumuler tout ce qu'elle pouvait et constituer des dossiers sur tout le monde, jusqu'au feu d'artifice, jusqu'au grand soir ; les artificiers devaient être les juges à qui elle pensait adresser ses dossiers. Elle vous a rencontré ; elle m'a parlé de vous, souvent, longtemps. Elle retrouvait ses airs d'enfant, son air enjoué, un côté facétieux… Alors, elle a décidé que tout devait s'arrêter, vite, très vite, pour qu'elle puisse vivre, à nouveau et encore. Je n'ai pas compris. Je pensais qu'elle me disait laisser les choses en plan.
- Et alors ?

- Alors, comme elle me disait ce qu'elle ne m'avait jamais dit, ni à personne, j'ai cru qu'elle laissait tomber. Il n'y avait plus, il n'y aurait plus de secret. Et elle est morte. … J'ai passé un long moment, à attendre, à tenter de comprendre. J'ai hésité à en parler avec mon père. Ils étaient… proches… vous savez ?
- Je sais.
- Elle avait parlé avec lui. Il était soulagé aussi. D'autant que lui… comment dire… Il connaît du monde. Ce n'est pas facile…
- Des copains quoi ?

Je me mords les lèvres, trop tard.

- Je voulais dire qu'il connaît les dangers… même s'il ne sait pas, pas plus que les autres d'ailleurs, d'où ils viennent. Il a toujours protégé Giulia.
- Pas là !
- De fait. Mais il ne savait pas. Il l'a simplement approuvée parce qu'il croyait qu'elle en restait là. Lorsqu'il a appris qu'elle avait envoyé tous ses dossiers, il a voulu la protéger encore … et d'autres ont compris qu'il la protégeait ; qu'il avait donc des raisons de le faire. Or qu'avait-elle à craindre ? Il pensait la protéger et, en fait, cela revenait à la dénoncer. Et puis elle n'avait rien gardé pour se protéger. Dans ce genre de choses, il faut toujours garder une poire pour la soif, un moyen de dissuasion. Elle s'est débarrassée de tout, pensant désormais être tranquille, pour une nouvelle vie… avec vous sans doute.
- …
- J'ai encore la robe qu'elle a achetée pour son anniversaire. Celui qu'elle ne fêtera pas, qu'elle n'aura pas fêté. Nous avions fait les boutiques ensemble. Elle a été livrée le lendemain de son enterrement. Je l'ai gardée. Elle se faisait une fête de cet anniversaire. Elle ne les fêtait plus… jusqu'à ce que vous…

- L'invitiez ?
- Oui.
- Raté !
- Tout a raté.
- Et tout ce petit monde ?
- Je comprends votre colère… votre méchanceté, dois-je dire ?

Elle me regarde.
- Je voudrais vous y voir.
- Vous m'y voyez, mais je ne suis pas à votre place. J'ai cru que vous seriez touché d'apprendre qu'elle vous aimait… si vous ne le saviez.
- J'ai compris l'aimer. Le reste était au-delà de mes espérances. Vous savez, comment dire, je veux la peau de ceux…
- Comme elle ! Et pour quel résultat. Et puis… vous ne réalisez pas ? Depuis quelques temps, les pouvoirs locaux ressemblent à un jeu de quilles. Les gens aux abois sont d'autant plus dangereux.
- Vous pensez que c'est le résultat de ses dossiers ?
- Rien d'autre ne permet de le comprendre.
- Qui selon vous ?
- Un de ceux qui ont été touchés, ou un de ceux qui sont tombés ; ou plusieurs d'entre eux.
- Vous y croyez à la thèse des restaurateurs, le père et le fils que l'on a abattus ?
- Mon père me disait qu'ils étaient en perte de vitesse, mais ne voyait aucun rapport. Je crois qu'ils avaient été proches, bien avant. Quelqu'un s'est défaussé sur eux, et en a profité pour faire place nette.
- Des histoires de truands ?
- Ce sont des moyens. Cela ne dit pas d'où viennent les directives. Les exécutants ont le sens de la mesure… ou alors ils ont une brève carrière.

- Vous trempez là-dedans ?
- Nous naviguons tous sur ces eaux-là : après le miracle immobilier et celui du tourisme vient le temps des affaires.
- Votre père considère que, là aussi, il y a un changement de génération.
- Il le dit en effet. Mais vous savez, lorsqu'on prend des décisions qui engagent tellement de fonds, concernent tant de personnes…
- On en croque !

Elle sourit :
- Ne soyez pas désagréable. Comment vont vos affaires ?
- Je suis un bon petit soldat.
- Mon père vous apprécie.
- Je vous avoue que je m'en méfie. Je n'aurais peut-être pas dû vous le dire.
- Vous avez tort. Il fait partie de ceux qui donnent des repères pour des arbitrages. Il propose des solutions pour faire la part des choses.
- La part du feu.
- D'Astier m'a avertie.
- En ce qui me concerne ?
- Oui.
- Je fais partie de vos célébrités ?
- Pas encore. … Je vous avoue me sentir un peu déçue. Je m'attendais…
- A de la reconnaissance ? A ce que je vous remercie ?
- Vous êtes susceptible.
- Non, déchiré, détruit, fou furieux. Tout çà est dégueulasse.
- Vous faites des raccourcis.
- Et puis on a voulu me foutre tout ça sur le dos : Jusqu'à mettre chez moi une facture d'arme que je n'ai jamais eue.

- Vous étiez le moyen de brouiller les pistes…
- Pourquoi moi ?
- Personnellement, je crois que c'est parce que d'Astier… et parce que mon père. Je pense qu'il ne veut pas m'inquiéter. Mais depuis cette affaire, j'ai l'impression qu'il a entrepris bien des changements. Je crois qu'il va se mettre sur la touche.
- Et il m'envoie sur le terrain !

Je m'étonne de réagir si spontanément, et qu'elle le tolère. Après tout, je l'agresse. Elle garde le silence, et je ne sais si j'ai passé les bornes. Je parviens si bien à détruire ce que je n'ai pas encore. Comme Giulia. En un sens, c'est parce que je l'ai rencontrée qu'elle en a eu marre. Sans moi, sans notre rencontre, elle serait encore là, pute de luxe secrètement en quête de vengeance. Je vais culpabiliser bientôt. Et pourquoi cette histoire, ces histoires ? A cause des méchants, et moi je suis un bon. Ou alors, les choses n'ont plus, n'ont pas une et une seule raison, une seule cause. Tout ne serait qu'un faisceau de circonstances, d'influences, de rencontres, un réseau de liens… Un monde sans cause. Sans même d'ailleurs de cause à défendre, de cause qui vaille. Comme dit si bien D'Astier, un décideur honnête coûte souvent très cher, parce qu'il n'écoute pas assez les intérêts des uns et des autres ; quitte à apprendre à ménager les siens. Le pouvoir ne rime pas avec l'innocence. Question de seuil, comme dirait un mien ami ? Les gens biens deviennent des gens de biens.

- Je ne sais ce qui vous a décidée à me parler. Vous me suggérer de rester à ma place, de faire comme si rien n'était, de me satisfaire de ma place dans le club ?
- Vous faites ce que vous voulez. Vous êtes majeur et vacciné ; je n'interviens pas dans les histoires de mon père. Je travaille dans l'art, la culture.
- C'est plus propre ?
- C'est un monde qui a besoin d'argent, ne serait-ce que pour s'y abriter. Je poursuis, si vous voulez bien. C'est en parlant avec mon père, il y a juste quelques semaines, que j'ai vu plus clair, ou plus simplement. Je crois que si

Giulia avait vécu jusqu'à son anniversaire, elle vous aurait parlé.

- Cela aurait-il changé quelque chose ?
- Je ne le crois pas. Mais elle vous aurait peut-être dit le désir qu'elle avait de changer d'univers, et avec vous. Alors, j'ai pensé qu'elle aurait aimé que je vous le dise. Je crois toujours qu'il n'y a pas d'amour à sens unique.
- Chacun ses illusions !
- Merci.
- Pardon. Je voulais seulement…
- N'en rajoutez pas !
- Vous êtes heureuse vous ?

Elle prend le temps de réfléchir, rallume une autre cigarette avant de poursuivre :

- Je l'ai été. Je crois que je le serai encore. Enfin, je l'espère. Mais je ne me laisserai pas faire, ni emporter, par je ne sais quel Don Quichottisme.
- Cette fois, c'est à moi de vous dire merci.
- De rien. C'était involontaire.

Un moment se passe :

- Vous savez, mon père vous aime bien. Et puis, je crois qu'en vous épaulant, il a un peu le sentiment de le faire pour elle.
- Décidément ! Une grande famille !
- N'ignorez pas votre chance… Et puis le côté grande gueule ne vous pas nécessairement bien !
- Question de moyens, sans doute !
- Entre autres. Vous ne croyez pas qu'il y a d'autres manières de nous dire que nous sommes tristes ?
- Je viens pleurer dans vos bras ?
- Ce ne serait pas vulgaire. Mais vous ne risquez pas de m'en donner l'envie.
- Vous avez raison. Ce n'est qu'une manière de me protéger. J'ai mis un peu de temps à comprendre l'aimer.

Il me faudra du temps encore pour accepter qu'elle ait pu m'aimer. Et me voilà bien avancé !

- Vous pensez que j'ai eu tort de vous parler ?
- Non ! C'est … comment dire ? Très humain de votre part. J'ai besoin de temps. Au fond, la haine n'est qu'un moyen de ne pas se séparer ; pas encore.
- Je suis bouleversée chaque fois que je parle d'elle.
- Merci.

Il me semble que nous n'avons plus rien à nous dire. Non, elle ne ressemble pas à Giulia. Pourtant, j'ai parlé avec elle comme si je la connaissais. Il ne me reste qu'à partir. Je me lève, et lui tends la main. Elle se redresse, me regarde, paisiblement, sans un mot.

- Vous travaillez dans la région ?
- J'ai une galerie. Et je fréquente les autres.
- Bonne chance !
- Vous aussi.
- Vous m'apprendriez à aimer les belles choses ?
- Lourde tâche il me semble.

Je fais une moue approbative :
- Et les bonnes manières ?
- Mission impossible !
- A Cannes ?
- Oui ; je travaille aussi un peu à Saint-Paul.
- Peut-être un jour poserai-je mes valises. Mais il me faut d'abord en acheter. Je n'ai même pas une photo de Giulia.

Un joli cabriolet italien, rouge vif, attend sagement au soleil. Personnellement j'aurais fermé la capote ; je ne crois pas que le soleil soit bon pour le cuir. Je ne sais pas quelle voiture possède l'architecte. Je ne l'ai pas salué. Même pas pensé.

Une heure après, je me retrouve au col de Vence, là où disparaissent les oliviers. A mes pieds, un paysage de moins en moins vert. Les constructions ont envahi les collines. Le bord de mer ressemble à une digue ; aucune végétation ne va plus jusqu'à lui. Plus loin, l'horizon, indifférent. Quelle connerie, cet horizon ! La seule chose qu'on voit, et qui n'existe pas. Tu t'en approches, et il recule. Dans ma tête, une expression s'obstine : miroir aux alouettes. Qu'est-ce au juste ? Un piège à con ? C'est con une alouette ? Surtout sans tête ? Comme moi. J'aime cette région. J'apprécie la douceur des rayons du soleil déclinant, les couleurs enluminées de reflets. Que me manque-t-il donc pour vivre ? Une cause ? Une femme ? Ou quoi ? L'humilité, sans doute l'humilité. Je ne ferais pas un bon détective.

Athanase, c'est celui qui ne meurt pas, l'immortel. A quoi bon ! J'ai choisi Ethan, le fort, et ferme. J'aurais dû envisager Eugène : qu'il naisse ou qu'il engendre le mieux possible !

Sommaire

Eté 2013

www.ingramcontent.com/pod-product-compliance
Lightning Source LLC
Chambersburg PA
CBHW060427260626
47161CB00005B/1811